AF367348

"libero da ogni limite"

Primo appuntamento con l'omonima serie.

Versione riveduta e corretta del romanzo "Sei il mio eroe"

Davide Cifalà

Youcanprint *Self-Publishing*

"Non tutti dopo la morte smettono di vivere ed e' nei momenti in cui vorresti morire che invece impari a vivere "

WRESTLEMANIA

Pezzi di giornale; (GLI ARTICOLI CHE MI HANNO FATTO CONOSCERE ANNALISA)

Annalisa Durante aveva quattordici anni. **Fu uccisa** il 27 marzo del 2004 a **Forcella**, un quartiere malfamato del centro storico di Napoli, durante uno scontro a fuoco tra fazioni camorristiche. Fu uccisa per errore, I killer volevano colpire **Salvatore Giuliano** detto „o rosso, all'epoca del fatto diciannovenne, un nipote dei fratelli Giuliano considerato vicino al boss Ciro Giuliano „o barone,cugino dei fratelli Giuliano ucciso poi in un agguato nel 2007. I genitori di Annalisa autorizzarono l'espianto degli organi.

"Vivo e sono contenta di vivere, anche se la mia vita non è quella che avrei desiderato. Ma so che una parte di me sarà immortale". Con questa frase dobbiamo ricordare Annalisa,perche" e" la frase che piu" la rispecchia. Se non fosse morta nei vicoli dell"antica Vicaria, il 27 marzo 2004, oggi **Annalisa Durante avrebbe 25 anni.** *Difficile parlare di* **riscatto a Forcella,** *un budello di strada dominato dal degrado e dalla sporcizia. I negozi stanno morendo uno a uno, compreso quello del papà di Annalisa che ormai ha definitivamente chiuso la saracinesca. In quel piccolo locale ormai annerito dal tempo campeggia l"immagine sbiadita della figlia: volto sorridente, capelli lunghi e gelatinati e toppino azzurro. Non tutti sanno che quel piccolo negozio è emblema di superstizione, simbolo di credenze arcaiche come i sogni premonitori.*

Insieme a papà Giannino e mamma Carmela, la zia di Annalisa, Angela,un giorno raccontò a tante persone un suo sogno premonitore. Pochi giorni prima dell"omicidio di Annalisa, aveva sognato il negozio di Giannino che si era trasformato in un antro buio e spaventoso. Al posto del pavimento la nuda terra da cui fuoriuscivano **cadaveri.** *Intorno tutta la famiglia che piangeva. Zia Angela disse allora che quel sogno l"aveva turbata molto, quasi sentisse* *che preannunciava una qualche tragedia. Zia Angela fu la prima a vedere il corpo senza vita di Annalisa riverso a terra proprio dinanzi al negozio. Zia Angela fu anche la prima che sollevò la testolina dai lunghi capelli biondi con la frangia appena tagliata e si ritrovò le mani grondanti di sangue. E fu sempre zia Angela quella che al* **processo** *contribuì a ricostruire in maniera determinante i momenti tragici dell'***omicidio** *e a far condannare il colpevole, Sasà Giuliano „o russo. Tre giorni dopo il suo assassinio, i genitori di Annalisa,* **assistiti da don Luigi Merola**, *donarono tutti gli organi. "Qualcosa di Annalisa vive in sette persone".*

PRESENTAZIONE

Morire ad appena quattordici anni...
Tutto questo per essersi trovata a propria insaputa
davanti ad un folle criminale.
La storia che leggerete oggi non esisterebbe se Annalisa
Durante non fosse stata uccisa in quel maledetto 2004
nel Rione Forcella   di Napoli.
E'triste a dirsi.

Una sera me ne stavo sdraiato sul divano a leggere il
giornale quando vidi la foto di questa bellissima
ragazzina, sorridente con una bandana in testa.
Soltanto un attimo dopo aver esclamato "Ma quanto e'
bella!",appresi che si trattava di una ragazza uccisa per
sbaglio da un mafioso. Era sotto casa sua e si era
beccata un proiettile che non era destinato a   lei.
Immediatamente rimasi di sasso.
Alcune disdette inevitabilmente sradicano tutto : il
passato,il presente ed anche il futuro.
Si spegne il canto,il sogno,la tenerezza,la gioia. La
luna diventa come una sarcastica maschera.
Ci sono episodi della vita che vanno contro ogni
logica,che lasciano senza parole perfino chi crede
fortemente in   Dio.
Tutto concorre al bene ? Anche le disgrazie   ?

Ma perche' mai allora,il buon Dio permette che
accadano certe cose ?

Il nostro creatore ci ha messo dentro una spassionata
voglia di vivere,eppure bastano pochi centesimi di
secondo per trasformare le persone in lapidi di dolore.

Perche' ,Dio ? Perche' ?

Riposa in pace Annalisa e non temere : qui sulla terra
c'e' chi continua a tenerti in vita.
Tu rimani nel cuore di chiunque abbia anche solo un
briciolo di sensibilita'.

Oggi la televisione e' veleno.

I fatti di cronaca vengono strumentalizzati. Sono diventati puro spettacolo.

"Quarto grado " o "Pomeriggio cinque " si presentano come trasmissioni d'informazione che possano in qualche modo contribuire a far venire a galla la verita', invece sono una vetrina per gli assassini che ormai vengono trattati come vip.

Ho visto gente come Michele Misseri e Amanda Knox fare le star.

Misseri faceva lo scemo nel salotto di Barbara D'urso,simulando pianti poco credibili. Amanda Knox,che si suppone abbia ucciso una ragazza,pare che abbia proposte da Hollywood !

Le hanno proposto di fare l'attrice e lei ci starebbe pensando seriamente...

Per non parlare poi del comandante Schettino...che si era offerto per partecipare all'ISOLA DEI FAMOSI.

La morte e gli omicidi sono diventati business.

Si cerca lo scoop e quando ci sarebbe da dire qualcosa di veramente interessante,di veramente giusto,invece non si dice nulla.

Oggi Annalisa avrebbe piu' di vent'anni.
L' hanno strappata alla vita troppo presto.
Era solo una ragazzina che aveva tutto il diritto di crescere. Molte morti mi hanno colpito,ma la sua in particolar modo. Mentre lei se ne andava,io vivevo la mia adolescenza.
Uno dei tanti periodi difficili della mia   giovinezza.
Feci perfino un sogno. Un sogno nel quale era come se la conoscessi. Dicono che i sogni siano la finestra dell'anima.
Cercavo qualcosa in quel particolare periodo della mia vita. Forse me stesso,ma ovunque andassi le immagini mi apparivano sfocate.
Non sapevo veramente chi fossi,ne' chi volessi essere,ne' tantomeno in quale mondo stessi vivendo.

Forse Dio mi ha parlato quella notte,incaricando quell'angelo biondo di aprirmi gli occhi. La Bibbia ci insegna che se vuoi bene al Padreterno,lui ti proteggera' e fara' in modo che il tuo piede non inciampi nelle pietre mentre tutti cadranno. Ti portera' in alto come su una roccia.
Grazie Signore,per avermi esortato a credere dinuovo in te nonostante un tempo ce l'avessi anche con te.
Ora ho capito. Ho capito chi voglio essere.

Ogni tanto c'e' qualcuno che si sente incuriosito da me.

"Perche' pratichi il Karate ? – mi viene chiesto il piu' delle volte – Perche' pratichi uno sport che ti potrebbe far male ?   "
La risposta non e' semplice da spiegare.

Ognuno ha una sua deduzione,una ragione del tutto personale.
Alcuni dicono che se uno combatte rischiando di farsi spaccare la testa solo per un po' di gloria,lo fa perche' non ha arte ne' parte.
Perche' e' incazzato.

Perche' non e' capace di dire " Ti voglio bene   ".
Perche' sa di non essere duro come dice di essere,come vorrebbe essere...Sa di avere i denti storti,dunque non

puo' sorridere come vorrebbe,ma anche potendolo fare non avrebbe comunque un cazzo di motivo per cui concedersi questo sorriso.
Il combattente cerca riscatto.
E' consapevole che se nasci brutto hai ben poche alternative.

O diventi un represso che gode facendo del male agli altri,oppure cerchi un modo per liberarti di quella nuvola nera di Fantozzi sopra la testa.
Uno combatte perche' sa che in questo mondo ipocrita la bellezza conta piu' della ricchezza interiore.
Sogni di fidanzarti con la commessa del punto vendita vicino casa,ma sai che per quanto uomo tu possa essere,lei non ti vedra' mai come tale se non assomigli almeno un po' a Gabriel Garko o a Costantino Vitagliano.
Vale sempre la pena di avere le palle,se non le hai il mondo ti schiaccia.
Non devi aspettarti un premio pero',ne' che qualche ragazza questo lo noti. Abbi le palle per te stesso. Solo per te stesso.
Allora ti convinci che Dio voglia qualcosa da te,che non ti abbia creato con questo determinato aspetto "Bruttarello " per puro caso,che alla fine del tunnel ci sia una luce anche per te.
Vuoi fare come Rocky Balboa.

Rocky era un idiota e poi e' diventato un super pugile e un super uomo. Con la volonta' Rocky ha trasformato la sua vita.
Vorresti che fosse cosi' anche per te,cosi' ti illudi...
Ma una volta vinto il tuo trofeo scopri una realta' molto scomoda che prima non potevi conoscere :
Combattere non ti da proprio nulla di cio' che realmente vorresti,
e' solo un modo alternativo di masturbarti.

Non lo cambi il destino. Non cambi tu. Resti sempre lo stesso ed anche se vinci non gliene frega niente a nessuno.
Non sei il gallo del quartiere,non sarai mai il   piu' figo.

Una volta a scuola conobbi un ragazzino che litigava con tutti e aveva istinti molto animaleschi.
" E'pazzo " dicevano...

Era arrabbiato col mondo e tutti gli stavano lontano sostenendo che bisognasse aiutarlo,curarlo o a limite chiuderlo in gabbia come si fa con gli animali feroci.
Bisognava che il ragazzo capisse come mai non avesse niente in comune con gli altri suoi coetanei,che al contrario di lui erano sempre allegri e spensierati.
Bisognava che fosse in grado di stabilire con chi ce l'avesse in realta',se con il mondo o peggio ancora con se' stesso.
Quel ragazzino ero io.

Non volevo fare il bullo per   vanita'.
Semplicemente non sapevo e non volevo comunicare,avevo   una visione distorta della vita, secondo la quale il mondo era un far west e   le persone che ne facevano parte di conseguenza dei nemici.
Facevo a botte con tutti e a volte non sapevo neppure il perche'... Ero una furia.
Poi sono crollato e non trovando nelle persone che amavo il conforto che mi serviva per crescere,sono diventato l'opposto ; esile,debole.
A quattordici anni,dopo essere stato un tipo tosto mi sono stancato di vivere. Mi sentivo come perseguitato.
Non avevo piu' la forza di essere forte com'ero.
Alla fine mi sono rialzato e ho deciso di non arrendermi.

Ho ricominciato a vivere ? Forse no,ma ho capito di non

poter   pretendere una vita diversa finche' io non saro'
una persona diversa.
Devi capire com'e' fatto il mondo se vuoi essere in grado
di affrontarlo.

Che diavolo ci facevo in quel letto,con quell'animale di ragazza che andava con chiunque quando aveva voglia di divertirsi ?
Erano finiti da un pezzo i tempi in cui mi credevo speciale,sprecato per gente come quella,per quella specie di rifiuto umano racchiuso in uno splendido involucro di bomba sexy.
Ora il solo vero rifiuto umano ero   io.

Avevo bisogno di aiuto,avevo un disperato bisogno di aiuto.
Ancora ne doveva passare di acqua sotto i ponti prima di civilizzarmi con le nobili arti marziali. In quel momento ero solo un mendicante alla ricerca del proprio io,senza un solo vero scopo per vivere.
Continuavo a ripetermi che la ragazza che avevo davanti fosse Jessica Marzia,la piu'grande mangia uomini che avessi mai conosciuto,innamorata del sesso quanto bastava per far impazzire un uomo che avesse anche solo un pizzico di trasgressione.
Il mio respiro irregolare le rivelo' il mio desiderio.

Procurai anche a lei una vampata d'eccitazione quando iniziai a massaggiarle le spalle.

I primi amori non finiscono mai realmente ed io sapevo con esattezza cosa   stessi   cercando,chi   stessi cercando...
Una persona che faceva parte del mio passato.

Mi ero promesso di smetterla di rimanere ancorato a ieri,al passato,ma dopo aver dato un occhiata a tutta la merda che circondava la mia vita,avevo deciso ancora una volta di tenermelo stretto.
Almeno i ricordi,quelli puri,nessuno poteva togliermeli.

Continuavo a diventare una persona che non volevo essere. Non avevo visto niente della vita,solo cose orribili.
Non avevo mai avuto una fidanzata. Non ero mai uscito una sola sera a divertirmi come facevano tutti i miei coetanei,perche' ero troppo asociale.
Non avevo esperienza in niente. Avevo vissuto piuttosto poco e male.

Ecco perche' in quel momento,perfino quel volgare individuoappariva ai miei occhi come il mio   angelo.

4

All'improvviso mi sentii cambiato.
Come se baciare quella squallida ragazza,che a quattordici anni (due meno di me) sembrava che avesse gia' esperienza da vendere in fatto di ragazzi,equivalesse a diventare uomo.
Avevo sedici anni e quello era il mio primo   bacio.
Finalmente avevo deciso di darmi una mossa,accantonare temporaneamente l'etichetta del bruto per cominciare a vivere.
Avevo capito che non serviva a niente fingermi cattivo per nasconere quanto stessi male. Il tempo era prezioso ed io lo sprecavo cosi' facendo...
Jessica era li',piccola,perfida,provocante ed apparentemente disponibile a salvarmi da tutto cio' che rischiavo di diventare : un fallito.
In quel periodo ero ancora alla ricerca della cosiddetta "Strada alternativa ",della svolta che mi avrebbe permesso di risarcirmi da quella bruttissima vita vissuta fino a quel momento.
Un appiglio di qualunque tipo. Ecco cosa mi serviva.
Tre anni dopo l'avrei trovato.
Mi sarei messo a combattere costruendomi l'ingombrante maschera di supereroe dalla faccia brutta che sul tatami cercava di dimenticare cio' che lo faceva soffrire e cercava di evitare di guardarsi dentro,per paura di scoprire cosa ci fosse dietro alla facciata di Villain. Molto probabilmente niente.
Villain (mascalzone) era il nome che avevo dato alla mia coscienza,all'eroe che c'era dentro di me,quello che (almeno dicono) dovrebbe abitare dentro ad ognuno di noi.

Perche' mascalzone allora ? Forse perche' il piu' delle volte mi sentivo esattamente questo,per quanti buoni principi fossi convinto di   avere.

Al solito bar del quartiere,nonostante fosse Lunedi' si respirava la tipica atmosfera del Sabato sera : musica country,il rumore dei boccali di birra,tanto brusio da parte dei clienti.
Qualche coppietta di giovani che pomiciava qua e   la'.

Solo io me ne stavo in disparte a un tavolino come la maggior parte delle volte in cui venivo.
Il barista Narcis mi porto' un bicchiere d'acqua,lo ringraziai con un cenno del capo.
L'attenzione generale venne catturata da una ragazza molto formosa con in dosso una camicia bianca con i primi quattro bottoni maliziosamente slacciati che contenevano a stento un generoso decollete' ,che usci' dalla toilette e stava attraversando la sala indifferente allo sguardo di tutti gli uomini presenti puntato su di se'.
Era molto piccola,una ragazzina,ma trasudava un precoce sex-appeal da tutti i pori,al punto che anche i ragazzi piu' grandi la notarono.
Si stava dirigendo a un tavolo libero con un atteggiamento un po' da snob. Aveva il nasino all'insu' ma al tempo stesso aveva un che' di molto selvaggio che intrigava.
"Niente male la signorina eh ? – commento' Narcis leggendomi nel pensiero – Le stanno sbavando tutti dietro. "

Dentro a quel bar,stavolta sarei stato capace di essere come avevo sempre sognato di essere : disinvolto,spiritoso,sicuro di me e pieno di vita.
Lei mi avrebbe volentieri lasciato recitare quella parte illudendomi cosi' di essere migliore di quello che ero in realta'...

Fissai con aria pensierosa il caffe' che ero intento a bere.

Mi sentivo molto triste. Addirittura   confuso.

La vista di quella ragazza se non altro servi' a distrarmi dai cattivi pensieri.
Aveva un volto a forma di cuore con due grandi occhi neri e le labbra molto carnose.
I capelli ricci di colore nero le scendevano sulle spalle incorniciandole il viso.
Non era di una bellezza candida,non era il tipo che in genere piaceva a me,ma era attraente a dir poco ed avrebbe tentato anche un santo.
"La conosci ? " mi informai.

Narcis sorrise : "Si chiama Jessica. E' una quattordicenne tutta pepe. Non viene spesso qui,ma qui a Librino tutti la conoscono.
Un paio di clienti abituali di recente hanno tentato senza successo di abbordarla. So che si e' lasciata da poco pero'...Potresti essere fortunato stasera. Lei non e' il tipo di ragazza che ama rimanere single per molto tempo. Quando e' sola si mette a caccia..."
Quasi come se lei ci avesse sentiti,quella specie di apparizione si sedette fissandoci. In particolare fisso' me per un lungo istante.
Le sue labbra si piegarono in un sorriso sexy.

Fino a poco tempo prima avrei detto che le donne portatrici sane di guai andavano evitate,ma ero troppo eccitato dall'idea di poterci anche solo parlare che cambiai idea.
E se mi avesse snobbato ?
Tutti sarebbero scoppiati a ridere nell'osservare la scena.
Io pero' non mi preoccupai tanto, soprattutto perche' lo sguardo che lei mi rivolse fu come un pugno in pieno stomaco che mi travolse dall'emozione.

“Che sta bevendo ? “ mi informai con un ghigno.

Narcis intui’ le mie intenzioni   “Di   solito
prende un caffe’.   Adesso mi informo.”
“Dille che glielo offro io in caso,con i miei omaggi “ gli
ordinai Non corteggiavo molto spesso le ragazze
all’epoca.
Avevo cominciato da poco soltanto a considerare l’idea
ma non avevo ancora nessun esperienza a riguardo.
Inaspettatamente pero’,Jessica accetto’ non solo il
caffe’,addirittura con un cenno fatto con il dito mi
invito’ a bere al suo tavolo.
Allora la raggiunsi col cuore che mi scalpitava nel
petto. Sentii il mio umore migliorare sensibilmente.
Flirtare con una ragazza apparentemente fuori portata
avrebbe potuto alleggerirmi quella che era stata una
giornata orribile.
Mentre mi avvicinavo,Jessica mi osservo’ con molta
attenzione.
Studio’ il mio sguardo determinato come ogni mio
movimento,serio e cupo nello stesso tempo ed il mio
abbigliamento.
Mi ricordo che indossavo una felpa multi colorata ed
un paio di jeans azzurri. Allora portavo ancora i
capelli a spazzola,con un accenno di barba.
Non appena la ebbi raggiunta mi schiarii la gola e mi
presentai “Ciao,io mi chiamo Davide “
La mia voce era un brontolio cupo come la mia faccia.
Lei mi fisso’ “Piacere Jessica”.
Forse fu solo una mia sensazione ma non appena ci
stringemmo la mano,la giovane sexy fanciulla parve
perdere la propria baldanza come se fosse emozionata
ancor piu’ di me. Tremava.

Non sapro’ mai se stesse fingendo o meno. A mia
insaputa quella sera conobbi la piu’ grande attrice del
mondo,qualcuno capace di farti credere qualunque cosa

volesse che tu credessi.
"Lo so – replicai indicando il ragazzo al bancone – Pare che qui tutti sappiano chi sei."
Jessica rise. Una risata vibrante e vitale. "Evidentemente sono un tipo che si fa notare..."
Risi di rimando,quindi afferrai una sedia e mi sedetti al suo tavolo.

Allungando una gamba le sfiorai la coscia e dal modo come lei trasali' leggermente ebbi come l'impressione di averle procurato un piccolo brivido.
Non mi aspettavo di tenere io il coltello dalla parte del manico ma quella sera scoprii qualcosa di me che prima non avevo mai avuto modo di realizzare. Scoprii di avere una prorompente mascolinita' ed una personalita' piuttosto autoritaria,con la quale non solo riuscivo a compensare la mia mancanza di esperienza ma addirittura mi permettevo di sovrastarla,intimorirla quasi...
Appoggiai il gomito sul tavolo "Non e' difficile capire il perche' – replicai gettando un occhiata furtiva a quel seno prosperoso che premeva per uscire contro il tessuto della sua camicia e che negli anni successivi sarebbe diventato peggio di un ossessione per me – Io pero' non ti avevo mai vista prima di stasera. Vivi qui intorno?"
Jessica scosse il capo "No,abito in centro,pero' Librino e' uno dei quartieri che frequento di piu'. Qui ho molti amici ed amiche,anzi...a dir la verita' ho piu' amici maschi che amiche femmine..."
Il suo sguardo malizioso mi fece capire che la sua non era stata un allusione sfuggita di bocca casualmente.
Jessica non era per niente una ragazza timida o impacciata,aldila' dell'effetto che le stessi facendo io,ne' tantomeno ingenua o indifesa.
Era un cavallo pazzo. Fare l'amore con lei doveva essere come domare il karateka piu' violento sulla faccia della terra.

Annuii "Vuoi dire che sei un maschiaccio o piu' semplicemente che sei una bambina un po' cresciuta e cattivella ? "
"Beh – ammise – Un po' tutte e due le cose."

"Capisco...in effetti mi dai l'impressione di saperla lunga,di essere gia' un adulta..."
"Anche tu – noto' – Mi sembri un ragazzino con molta fretta di crescere."
"Non si decide quando maturare. Di solito si diventa grandi quando si   e' capaci di apprendere il significato della propria esistenza,magari io l'ho capito anticipatamente."
No. Stavo bluffando. Io non avevo idea ne' di chi fossi,ne' di che razza di senso avesse la mia esistenza. Ero stato costretto ad essere forte per sopravvivere,questo era vero pero',crescere in fretta,ma il mio percorso era appena iniziato...
La disperazione era stata il motore che aveva accelerato i tempi,anticipando una presunta maturita' e inducendomi a sacrificare l'infanzia,ma non avevo ancora fatto quasi niente.
Avevo ancora una marea di cose da imparare.

"Sei misterioso – non potette fare a meno di commentare – Vuoi ballare ? " mi chiese infine incapace di credere che fosse stata proprio lei ad invitarmi.
Erano sempre gli altri a correrle dietro. Mai viceversa. I miei occhi si infiammarono di desiderio.
"Di solito non ballo ma in questo caso sarei proprio stupido se non approfittassi della situazione. Detto tra noi non mi capita spesso che una ragazza come te..."
"Non ti credo affatto – mi interruppe intuendo cosa stessi per dire – penso invece che tu sappia come si conquisti una ragazza. "
"Non era cosi'. Si sbagliava.

Tuttavia non mi dispiaceva lasciarglielo   credere.
Mi spunto' un sorriso sulle labbra,quindi le offrii una mano che lei raccolse di buon grado e la condussi verso la   pista.
Jessica era abituata a situazioni analoghe ed anche a flirtare con i ragazzi. Frequentava le discoteche piu' in voga di Catania,eppure quel semplice ballo parve farle molto effetto.
Accoccolata tra le mie braccia con occhi da cerbiatta,parve come ipnotizzata dalla canzone che insieme stavamo ascoltando.
Una canzone triste che nel nostro caso si sarebbe rivelata poi anche premonitrice. Parlava di un uomo che aveva perso la sua donna.

"Solo ieri c'era lei nella vita mia,solo ieri c'era un sole che metteva allegria "

Il suo corpo si muoveva sinuoso contro il   mio.
Sentiva il mio caldo respiro sul collo,mentre io avvertivo le sue morbide rotondita' premere contro il mio torace.
Ero colto dal desiderio di possederla come mai mi era capitato con nessuna.
Era sensuale e aveva la voce di una vamp. Un profumo celestiale e le mani ben curate. Non pensavo che me la sarei cavata cosi' bene.
Non avevo un idea precisa infatti su come si facesse a conquistare una donna (probabilmente non esiste nemmeno un metodo prestabilito),eppure la vamp stava cedendo alle avances di un grezzo come me.
Quando la musica termino' tornammo a sederci. Il ballo aveva fatto si che la nostra conversazione da quel momento in poi diventasse piu'
intima,come se quei pochi minuti l'uno tra le braccia dell'altro avessimo imparato a conoscerci   meglio.
"E pensare che stasera nemmeno volevo uscire..." commentai senza piu' nascondere quanto fossi contento

di averla incontrata.

"Dici che ne e' valsa la pena ? " replico' Jessica compiaciuta

"Direi di si – azzardai accarezzandole una gamba mentre lei mi guardava impaziente di vedermi osare di piu' – E se adesso l'uomo misterioso ti chiedesse il numero di telefono e ti dicesse che vuole vederti ancora ?"

Era ufficiale,inequivocabile : avevo fatto colpo.

"Non dovra' far altro che chiedermelo – rispose – e ci sara' una prossima volta."

"Dammi un bacio..." le sussurrai avvicinandomi,sapendo che oramai non mi avrebbe rifiutato.

Ci baciammo.

Fu un bacio lungo,lento,intenso. Bello come lo avevo sempre immaginato nella mia mente quelle tante volte in cui mi era capitato di fantasticare,immaginare come sarebbe stato baciare una ragazza.

Tante volte avevo sognato un momento come quello e stavolta non era un sogno.

Quando ci scostammo,lei dolcemente mi asciugo' le labbra tinte del suo rossetto con un tovagliolo. Lo fece con un tocco esperto ed io ebbi la sensazione di essere stato in attesa di quel bacio da sempre.

Quando uscimmo dal bar e davanti alla porta d'ingresso ci salutammo dandoci appuntamento a presto,ci baciammo un'altra volta e fu bello altrettanto.

Era tutto nuovo per me. Scoprii la bellezza di aprirmi a qualcuno e capii che fino a quel momento avevo sempre mentito a me stesso

sostenendo di non avere nessun bisogno d'affetto,che le ragazze non fossero indispensabili nel cammino,nel viaggio interiore che stavo intraprendendo per crescere.

Era stata soltanto una forma di autodifesa la mia,per proteggermi dal rischio di amare o forse per giustificare

il fatto che di solito non   piacevo mai a nessuno.
Realmente prima di conoscere Jessica io non stavo
andando da nessuna parte. Stavo solo percorrendo una
strada dove non c'era meta,ne' tantomeno una via
d'uscita.

5

Martedi' 24 Febbraio 2004,il giorno di carnevale,i baci indimenticabili del giorno prima tra me e Jessica vennero in qualche modo   ufficializzati. Una lunga chiacchierata al telefono verso l'ora di pranzo fu utile per entrambi per stabilire cosa ci fosse tra di noi.
L'inaspettata ammirazione di lei nei miei confronti mi fece affondare in acque che non avevo mai avuto modo di esplorare.
Forse meritavo tutto questo.
Una fidanzatina e forse una vita diversa che mi avrebbe privato di tutto il marcio che sentivo di avere nel cervello.
La mattina seguente mi alzai presto.

Non avevo dormito bene la notte,neanche quella notte,tormentato da insicurezze alle quali oramai mi stavo abituando.
Se da una parte ero ancora contento e sognante ripensando a quell'incontro,dall'altra mi domandavo se sarei stato in grado di far stare bene la mia ragazza pur dividendola con i fantasmi della mia
mente che molto spesso l'avevano vinta su di me. Chi l'avrebbe mai detto ?
Adesso anch'io avevo una ragazza.
Proprio io che fino a poco tempo prima mi scocciavo anche solo ad aprirmi a nuove possibili amicizie,avendo vissuto in un mondo tutto mio,troppo complicato per la mia eta',fatto di fantasmi del passato e del presente.
Ero contento,certo che si,ma la mia allegria era disturbata dal dubbio,dall'incertezza.
Dovevo dare retta alla mia parte ottimista se volevo che le cose andassero meglio in futuro.
Del resto,dopo aver baciato Jessica non mi ero forse sentito invincibile,con una carica dentro che prima non avevo mai avuto ?

Ecco,dovevo rimanere fedele a questa parte di me,cercando di combattere con quella negativa.
"Mah si ! – mi incitavo da solo – Mi sento in grado di fare qualunque cosa adesso. Mi sento in gamba,figo,forte..."
Naturalmente neanche in quell'occasione ebbi la mia famiglia come spalla sulla quale appoggiarmi.
In un primo momento decisi di rendere tutti loro partecipi di quanto mi fosse successo, ma ancora una volta rimasi deluso.
Incontrai solo disapprovazione.

Mia madre sosteneva che dopo tutto quello che avevo passato negli ultimi due traumatici anni fosse troppo presto...
Una relazione affettiva secondo lei avrebbe potuto trascinarmi dinuovo negli inferi. Il mio equilibrio interiore era ancora vacillante.
Io mi sentivo tanto in colpa nei suoi confronti...

Avevo sempre odiato il mio fratello maggiore perche' da quando era

venuto al mondo aveva dato problemi,soprattutto a lei,ma in quei due anni orrendi anch'io l'avevo fatta stare male...
Involontariamente,perche' l'unica persona che volevo distruggere era me stesso,ma   poco importava. Io non me lo perdonavo.
Non avrei mai dovuto farle questo. Dio solo sapeva quanto le volevo bene. Sarei stato pronto a morire per lei.
Ma non la ascoltai. Io volevo viverla quella storia. E che dire di mio fratello ?
Lui si dimostro' palesemente invidioso poiche' a vent'anni non aveva ancora trovato una ragazza che fosse giusta per lui e senza giri di parole seppe dirmi soltanto che avrebbe voluto trovarsi al posto mio.

Come fratello maggiore non solo era assente ma rappresentava un intralcio per me.
Era sempre stato un egoista. Sin da quando eravamo piccoli aveva sempre fatto in modo di avere tutte le attenzioni per se',questo aveva di conseguenza portato i miei genitori a trascurarmi.
Non li avevo mai odiati per questo,anzi...

Mi sono sempre ostinato a non rompere il cordone ombelicale con loro,perche' il loro primogenito e' stato un vero castigo di Dio. Mamma e papa' lo hanno sempre amato,difendendolo sempre,ma e' stato ed e' tuttora un incubo. Io invece sono un figlio iperprotettivo,anche se la mia protezione molto spesso serve a poco e di gratificazioni ne ricevo poche.
Siamo infelici.

Daniele si che l'ho odiato e lo odio.

Non mi ha mai chiesto come sto,non si e' mai preoccupato per me. Tutto deve essere suo. Non importa chi soffrira'.
E' un bambino che va in escandescenza se non sta al centro dell'attenzione.
Presentargli Jessica fu un errore. Io non avevo persone con cui condividere le mie gioie.
Andai su tutte le furie il giorno in cui lo feci quando mi accorsi che lui senza ritegno le guardava le tette incurante di ferirmi.
Peggio degli animali.
Gli giurai che lo avrei tenuto a distanza.
Mi chiusi in me stesso. Gli dissi che non doveva piu' provarci. Quell'episodio apparentemente piccolo mi segno'.
Con qualunque ragazza sarei uscito domani,mi sarebbe rimasta impressa la bava di mio fratello,pronto a togliermi da sotto il naso cio' che mi apparteneva.

Daniele era come tutti gli altri. Un   estraneo.
Potendolo fare non si sarebbe fatto scrupoli a pensare ai
cazzi suoi a spese mie.
Ero solo.

Adesso lo sapevo.

Mio padre...beh,lui aveva ben altri problemi all'epoca.

A casa c'erano pochi soldi e lui impazziva cercando di
trovare il modo di continuare a sfamarci come aveva
sempre fatto.
Avrei voluto sentirmi dire da qualcuno : "Hai sofferto
tanto. Te lo meriti,meriti un po' di gioia ".
Povero illuso !

Decisi percio' che le mie questioni personali affettive
sarebbero state solo affar mio. Come al solito me la
sarei cavata da solo.
Allora credevo che questo mi avrebbe   fortificato.
Sbagliavo.

Sentirmi dire da Jessica che quei baci avevano avuto
molto valore per lei,che le piacevo al punto da farla
svenire, mi fece sentire un altro : piu' grande,piu'
importante.
Di questo mio cambiamento pero' nessuno si accorse.
Ero solo io a vederlo.
Se Jessica pensava questo di me,forse avevo dimostrato
che fin li' la vita era stata bugiarda nei miei confronti e
che tutti quelli che mi avevano sempre guardato con
sufficienza si erano sempre   sbagliati.
O forse era Jessica che stava mentendo,facendomi
credere di esserle entrato nel sangue ?
Cercando di mettermi in testa di essere migliore di
quello che ero realmente ?
Mai nessuno mi aveva dimostrato cosi' tanta stima.

Ma c'era un tranello : lei mi avrebbe illuso domani,con tanti gesti apparentemente forti per poi ferirmi di proposito.
Io mi sarei ritrovato molto presto dinuovo solo. Dinuovo un inconcludente,dando dinuovo ragione a chi mi dava addosso.
Paura di gioire,di essere felice.

Dopo tutto quel che avevo passato ritenevo fosse assurdo esserne affetto. Invece ce l'avevo,in contrasto tra la fame di vittoria ed il terrore della vittoria.
Ecco perche' non ce l'avevo fatta col calcio.
Non avevo continuato con la scuola e con tutto il resto. Lavorare su me stesso. Affrontare i miei limiti.
Questo dovevo cercare di fare.

Mettere in atto in qualcosa di produttivo cio' che soffrendo avevo elaborato.
"Pensa a questi momenti – mi ripetevo ogni volta che mi sentivo triste,nelle giornate buie in cui se accadeva qualcosa era sempre e solo qualcosa di brutto,oppure erano giornate vuote in cui non accadeva niente. Niente di bello da pensare,niente di bello da fare..."
"Pensa. Non dimenticarli questi attimi. Cosi' quando la tua vita sara' diversa,perche' prima o poi sara' diversa,saprai apprezzare di piu' le cose belle che ti capiteranno. Ora e' una vita vuota,triste,ma domani cambiera'   ".

DUE ANNI PRIMA

Il mio periodo piu' brutto (?)

Spento.

Ero semplicemente spento.
Mi ritrovai quasi di colpo a convivere con una parte
di me stesso che non conoscevo.
Ma come ?

Per anni non avevo fatto altro che scalpitare,attendere
impaziente un momento come quello per riscattarmi.
E proprio adesso che ero libero di fare tutto quello che
volevo,io che facevo ?
Mi bloccavo.
"Non dovrei sentirmi cosi' – mi dicevo – proprio adesso
non mi diverto piu' ? "
Qualche paura che nemmeno io riuscivo a comprendere
mi bloccava testa,gambe e cuore.
Il campetto di calcio dell'oratorio ma anche le scuole
calcio,hanno salvato molti ragazzini smarriti com'ero
io,togliendoli dalla strada,dando loro un futuro migliore
basato sullo spirito di sacrificio e   la disciplina.
Eppure io non ero un ragazzo di strada,ma nelle fattezze
tanto ci assomigliavo e come tale venivo   scambiato.
Tutti erano convinti che lo   fossi.

Perche' io ai tempi delle scuole superiori giocavo a calcio
nella squadra del quartiere ?
Non ero ne' un ladro,ne' un orfano. Solo un rissoso.
Si,adesso che ci pensavo io giocavo per sconfiggere i
miei demoni. Mi scoprii debole pero',nell'unico periodo
in cui non potevo

Permettermi di esserlo. "Proprio adesso!"
Proprio adesso che perfino la mia famiglia sembrava
comprendere le mie esigenze (o forse era solo pieta'
perche' non stavo bene ?) mi ero bloccato.
Il mio atteggiamento sul campo,cosi' come quello che
avevo all'improvviso anche nella vita,non era lo stesso

di sempre.
Non era l'atteggiamento che avevo programmato
quando da bimbo mi sentivo un leone in gabbia e volevo
spaccare il   mondo.
Eppure due giorni prima,pur non sapendo niente di
calcio avevo fatto un figurone in una partita tra
calciatori veri.
Tutto questo perche' avevo fame.

Ora che i miei obiettivi sembravano vicini come non mai
ed avevo dimostrato a me stesso che potevo
raggiungerli,ero diventato remissivo,arrendevole.
Ero impaurito.
Forse sentivo di non meritare di   vincere.

Mai come adesso i miei obiettivi erano apparsi tanto
vicini e raggiungibili.
La depressione mi aveva fatto diventare magro come un
chiodo e sofferente anche in volto come un malato   ?
Ma figurati ! Io mi sentivo bello,forte e pure fortunato.
Non mi rendevo minimamente conto o forse non volevo
rendermi conto di quanto grave fosse il mio stato,che
per quella depressione cronica occorrevano antidoti
seri. Non semplici   parole.
Le barriere che dovevo abbattere erano solo   mentali.

Del mio aspetto fisico che poteva lasciare a desiderare
non me ne fregava proprio un cazzo.

Brazil 2014
FIFA WORLD CUP
E ADESSO SO GIOCARE
MERCOLEDÌ

E'sempre stato un problema per gli altri quello,non per me. A quattordici anni avevo cominciato col calcio.
Tardi,molto tardi,ma in quel momento quella era la mia metafora di vita ideale,metafora che avevo abbracciato completamente per ambire a un autentico miracolo.
Diventare subito bravo e farmi ingaggiare da una squadra di professionisti.
Un sogno impossibile ma io ci credevo.

E poi la mia vita era fatta anche di altre cose.
Oltre al calcio,in quel periodo frequentavo anche la scuola superiore dove avevo sempre desiderato andare : l'istituto tecnico industriale Guglielmo Marconi.
Io che non sapevo fare neppure una moltiplicazione   a mente...

Testardo com'ero pero',avevo scelto quell'indirizzo semplicemente perche' da bambino avevo detto cosi',che un giorno ci sarei andato. Proprio come aveva fatto uno dei miei cugini a suo tempo,una delle poche persone che stimavo,Ivano,il figlio di zia   Franca.
Una delle persone alle quali avevo sempre desiderato assomigliare perche' era un tipo capace in tutto,solare,sempre ottimista.
Dentro a quell'istituto scolastico,nella stessa aula che frequentavo io avevo anche conosciuto l'amore.
Luana...

L'unica ragazza su questa terra capace di farmi battere veramente il cuore.
Non potevo permettermi crisi esistenziali. Se volevo cambiare vita,quella era la sola unica occasione per gettare le basi.

Domani non avrei avuto altre chances.
A quelli come me non ne capitavano molte.

Il 2002 finora e' stato l'anno piu' significativo di tutti per me.

Poteva essere quello della svolta,ma se non mi fossi dato una mossa sarebbe stato quello del mio elogio funebre.

Rifiutandomi di reagire,avrei trasformato il mio futuro in un incubo,incubo dal quale non mi sarei piu' svegliato.

Come infatti accadde.

Dovevo ritrovare il mio spirito combattivo e dovevo farlo subito.

9 GENNAIO 2002 – PADRONE DEL MIO DESTINO

"Non ti preoccupare Davide. Sei come gli altri. Non importa se sei cosi' magro. Anzi,tu sei migliore perche' hai piu' volonta'. Gli altri sono distratti...sono solo dei ragazzi distratti. Tu sei diverso..."

A dirmi quelle parole fu Orazio. Il mister,l'allenatore dell'Oikos Club,la squadra nella quale giocavo come terzino destro.

Stavo facendo un po' di riscaldamento poco prima che iniziasse la partita e lui guardandomi intui' a cosa stessi pensando.

Lui sapeva che per me quella non era solo una partita di calcio. Com'era buffo il mister !

Con quella criniera riccia brizzolata sembrava che avesse una testa enorme. Sembrava il papa' di Francesco Renga,o Francesco Renga da vecchio !

La faccia da bonaccione ed il fisico rotondetto lo rendevano ancor piu' simpatico.

Mi aveva preso in simpatia,era l'unico naturalmente...

I miei compagni di squadra,cosi' come quelli di scuola mi odiavano.

Del resto,quello era il periodo in cui il mio carattere di merda aveva raggiunto l'apice.

Ora sapevo se non altro la ragione per cui mi fossi ridotto cosi',cosa mi avesse portato a cadere quando

sembrava che avessi il carattere d'acciaio.
Non mi piacevo,sembravo in pace con me stesso,soddisfatto del ragazzo forte che ero,ma in realta' non mi accettavo.
Per questo volevo cambiare e sono cambiato fino ad ammalarmi.
Odiavo il mio volto,odiavo il ragazzino che ero,la mia vita ed il mio rapporto con la gente che mi detestava e aveva ragione.
Ero una merda.

Volevo vincere ma i miei tormenti dominavano su di me ininterrottamente.
Cercando di fare tesoro delle parole di mister Orazio pero',entrai in campo bello determinato ma soprattutto contento...contento di giocare.
Erano anni che desideravo fare il calciatore ed anche se quella era solo una partita tra ragazzi tristi che inseguivano una realta' migliore,una partita senza spettatori,mi sentivo come se avessi gia' realizzato qualcosa.
Orazio diceva che gli piacevo,forse un po' per pieta'.
Solo un cieco non si sarebbe accorto di quanto fossi sofferente.
Diceva sempre che in contrasto con il mio fisico divenuto esile ero feroce nell'atteggiamento e che si vedeva da lontano un chilometro la mia grinta e la mia voglia di imparare.
Almeno prima del definitivo crollo che avrebbe influenzato poi non solo la mia stagione calcistica all'Oikos ma anche tutto il resto.

Mercoledi' 9 Gennaio 2002.

La mia prima partita dell'anno. Anno che volevo iniziare alla grande.
Oltre ad essere lento e impacciato sul campo,avevo sempre avuto il problema dei compagni. Non c'era sintonia tra noi,neppure a livello di gioco.
Non mi passavano mai il pallone perche' dicevano (ed era vero) che non ero capace,pretendevano solo che io lo passassi a loro (naturalmente per ripicca lo facevo poco e niente).
Non mi permettevano di sentirmi parte di quel gruppo.

Anche il campo come l'aula scolastica,in breve tempo era diventato un ring dove facevo a cazzotti con tutti,riuscendo praticamente sempre ad averla vinta.
Ero ancora un selvaggio,anche se sembrava che facessi fatica anche a stare in piedi e non potevo piu' avere l'incredibile forza fisica che fino a poco tempo prima lasciava tutti a bocca aperta.
Quel selvaggio a mia insaputa pero',si stava spegnendo del tutto diventando quasi insipido.
Solo che quel giorno non me ne accorsi.
Una volta tanto nella mia vita recitai il ruolo di protagonista assoluto.
Un miracolo per uno abituato a fare da comparsa o peggio ancora l'antagonista. Il brutto e cattivo della situazione,quello a cui puntare il dito e dire : "Che soggetto ! "
Mister Orazio,a forza di sgolarsi per me,adulandomi ogni volta   che con impegno recuperavo un pallone,correvo come un matto comportandomi come se mi stessi giocando la Champions League,durante quella partita' inculco' i miei pensieri anche ai miei compagni.
Giocavamo contro una squadra piuttosto mediocre ma

poco importava,il mio atteggiamento almeno quel giorno fu quello   giusto.

Peccato pero' che quel momento di gloria alla fine si sarebbe rivelato un fuoco di paglia.
Vincemmo per due gol a   zero.

Entrambi i gol li segnai io,ma la cosa che ebbe quasi del miracoloso fu l'improvvisa ammirazione che i miei compagni cominciarono a mostrare per me. Il mister aveva trovato le parole giuste per farmi apparire sotto un'altra luce.
Dovevamo vincere per forza,visto che venivamo da alcune brutte figure che avevano messo in repentaglio la nostra credibilita' e le nostre speranze di giocare un campionato vero tra ragazzi della nostra eta'. Eppure gli stessi con cui prima litigavo,rischiarono di perdere anche quella partita pur di passare la palla quasi sempre a me.
All'improvviso sembrava che il loro obiettivo non fosse piu' vincere,bensi' regalare un bel momento a quel ragazzo infelice di Davide Cifala'.
Cominciarono a partire da subito a coinvolgermi nel gioco come non avevano mai fatto prima. Io ovviamente ne approfittai,non limitandomi solo a fare il terzino.
Ogni pretesto fu buono per partire all'attacco e improvvisarmi attaccante,il ruolo dove avrei voluto giocare se solo fossi stato piu' rapido e con   piu' esperienza.
Nel primo tempo sbagliai tanti gol solo davanti alla porta,lo feci per la troppa foga,la troppa fame di vittoria.
I miei compagni pero' non si diedero per vinti,continuarono a costruire azioni solo con lo scopo di farmi segnare il gol del vantaggio.

Molte pacche sulle spalle arrivarono ogni volta che mi arrabbiavo   dopo un errore,soprattutto da Mathieu Clement,il   piu'   forte   giocatore   della   nostra squadra,nonche' mio compagno di banco a scuola dove era il primo della   classe.
"Davide,stai giocando bene ! Vedrai che nel secondo tempo ti faremo fare qualche gol. Ce la farai,i nostri avversari di oggi sono   scarsi..."
E lui quando prometteva manteneva.

Appena iniziato il secondo tempo infatti,proprio grazie ad un assist preciso di Mathieu,mi ritrovai per l'ennesima volta solo davanti al portiere. Fui fortunato,il terzino sinistro della squadra avversaria era partito leggermente in ritardo e non fece in tempo ad anticiparmi.
Il pallone gonfiato tuttavia rimase impassibile quando si accorse che ero io che stavo avanzando e sorridendo al portiere che nel frattempo usci' dalla porta per cercare di non farmi calciare,esclamo' rivolto a questi :
"Va beh,tanto non segna..."
Non persi la concentrazione.

Le vie del culo sono infinite,o forse Gesu' Cristo da lassu' ci mise lo zampino per far stare zitto quello stronzo che mi aveva deriso,ma dal nulla riuscii a fare una cosa che normalmente non sarei stato in grado di fare.
Senza avere la minima idea di come avessi fatto,scavalcai il portiere con una sorta di cucchiaio in stile Francesco Totti.
Io avevo tirato un po' cosi',a casaccio,invece mi riusci' un eurogol. Rete ! Oikos in vantaggio. 1 a   0.
Esultai come fa Ibrahimovic,spalancando le braccia come a dire :   "Io
sono il migliore ! ",poi ovviamente mi rivolsi al difensore che mi aveva preso in giro,ridendogli in faccia : "Ti e' piaciuto stronzo ? La prossima volta devi partire prima se

vuoi riuscire a fermarmi ! "
Orazio nel frattempo sembrava Bruno Pizzul quando ai
mondiali di Usa 94 commentava le imprese del mitico
Roberto Baggio,comincio' a saltellare urlando   "Gol di
Davide ! Gol di Davide !   "
Facendomi giocare dal primo minuto tra lo stupore
generale,senti' di aver vinto la sua scommessa. Quante
critiche che si era   beccato
per me !

Mi imposi di calmarmi un attimo dopo.
Va bene essere euforici,carichi,fiduciosi in se
stessi,ma dovetti ricordarmi di non essere affatto un
bravo calciatore e che per quanto ci tenessi a
migliorare,il mio obiettivo numero uno era quello di
tornare ad essere un ragazzo in gamba. Forse non piu'
lo schiacciasassi che rideva di fronte ai pericoli ma
quantomeno uno capace di ribellarsi a cio' che non
voleva diventare.
Il   difensore   stronzo   mi   porse   la   mano
                                                      "Ha
i le gambe troppo lunghe,mi fai confondere ! Sei stato
bravo..."
Mi sembro' sincero,dunque gliela strinsi e poi gli sorrisi
"Pensiamo a divertirci dai..."
Naturalmente quel gol mi fece diventare determinato
come non mai.

Cambiai idea.
Convinciti pure di essere un calciatore ! Sii feroce.
Spacca tutto !
Volevo mettermi tutto alle spalle,i momenti no,le
sconfitte... "E' il momento della verita ! " dissi a me
stesso.
Il momento in cui potevo andare oltre a qualsiasi
limite,in cui potevo essere il piu' esemplare di tutti pur
non essendo un campione,pur avendo cominciato da

poco, addirittura a quattordici anni a giocare a calcio. Il momento in cui potevo imporre a tutti il mio fascino pur non avendo un bell'aspetto.
Ora,quei principi,quell'animo nobile che fino a li' avevo visto solo io,lo avrebbero visto anche gli   altri.
"Ora non ti ferma piu' nessuno ! "
Ero bravo a motivarmi da solo. Mi ero rotto il cazzo di essere quello che non sapeva fare mai   niente.
Il bravo della situazione dovevo essere io stavolta. Non passarono neanche dieci minuti.
Mathieu era a centrocampo e cercava qualcuno a cui passare il pallone. Lo stavano marcando stretto.
Io ero vicino al portiere della nostra squadra,fermo. Ci pensai un attimo,poi scattai in avanti "Mathieu,passa ! "

Mathieu non se lo fece dire due volte e quando mi portai esattamente   a limite dell'area di rigore mi passo' la palla.
C'era una gran distanza ma con tutta l'adrenalina che avevo in corpo mi convinsi di poter segnare. Tutti si aspettavano che tentassi un cross per qualche altro compagno,invece tirai direttamente in porta.
Una botta secca,potente,leggermente angolata.

Il portiere della squadra avversaria non fece in tempo a muoversi,non vide nemmeno partire il   pallone.
Gol ! Due a zero !

Feci una sorta di giro d'onore per il campo e diedi il "cinque" a tutti i miei compagni. Orazio stavolta esulto' in modo contenuto ma mi lancio' uno sguardo compiaciuto da padre affettuoso che mi tocco' il cuore.
Improvvisamente quella divisa verde che portavo non mi parve piu' sprecata per me. Baciai piu' volte la maglietta,sentendomi per la prima volta uno di loro,uno dell'Oikos Club.
Avevo appena trovato la mia   dimensione.

Improvvisamente per mister Orazio,quel ragazzetto
scheletrito con i capelli a spazzola "gellati " e le basette
alla Lupin III,non era piu' solo un ragazzo triste,ma
forse lui lo aveva sempre saputo...

DAVIDE (TERZINO)
MISTER
TURCO (ATT.)
MOZZICA (BOMBER)
ELEMENT (REGISTA)
GIUGIARO (PORTIERE)
COACH

Altrimenti perche' prendersi la briga di farmi giocare sempre ? Dando vita tra l'altro a molte discussioni animate con i miei compagni   ?
Un mio compagno di nome Salvatore,il primo a darmi il "cinque" dopo il mio gol da fuori area,ricordo che quando arrivai in squadra era   molto scettico nei miei confronti.
Ricordo che un giorno in allenamento prese da parte il mister credendo che io non li vedessi e non li sentissi e gli disse :
"Davide non ce la fa neppure ad arrivare fino a meta' campo senza stancare. Non sa calciare bene. Come possiamo passargli la palla ?
Per perderla forse ? "
Orazio con fermezza lo ammutoli' con una saggia risposta "Perche',tu ce la facevi forse fino a pochissimo tempo fa ? " Anche questo era   stato   un mezzo miracolo.
Salvatore era un attaccante di razza,aveva cominciato a cinque anni,grazie ad una famiglia che lo aveva sempre appoggiato.
Era mille volte piu' bravo di me,con un po' di fortuna avrebbe fatto carriera,eppure quel giorno mi stava festeggiando come se fossi il suo idolo. Aveva imparato la lezione ed anch'io l'avevo imparata...
Ora sapevo che nella vita un uomo puo' diventare qualsiasi cosa. Bisogna volerlo.
Quante volte da bambino avevo sognato di fare tutto questo ?

Pensavo fosse impossibile. Pensavo non si potesse andare contro la propria natura. Ora sapevo che nessuno nasce sotto una cattiva stella,nessuno nasce sfigato.
Nessuno e' condannato all'etichetta del perdente per pura questione di fato. Noi decidiamo cosa essere.
Avevamo appena vinto la partita e tutti erano incantati

da me,soprattutto quelli che mi avevano sempre scassato il cazzo
sottolineando i miei difetti con la penna rossa.
Io e Orazio ci guardammo negli occhi "Ti sei divertito ? "

Lui si impegnava sempre a ricordarmi che il calcio prima di tutto
dev' essere divertimento. L'ambizione era secondaria dal suo punto di vista. L'importante e' fare una cosa per il semplice piacere di   farla.
"Tanto " risposi

Mi fece una carezza sulla fronte e non ci fu piu' bisogno di dire altro. Era orgoglioso. Mai nessuno lo era stato di me.
Si comporto' da padre,da fratello maggiore,da amico... ed io sentii dentro ancora un energia pazzesca,una gioia immensa,come se la vita per me fosse cominciata solo allora,soltanto a quel punto.
Forse era proprio cosi'...

L'ULTIMA OCCASIONE PER VIVERE

Tornai a casa impazzito di gioia. Cantando e ballando addirittura... Felice per la prima volta in vita mia.
Non ero contento semplicemente perche' ero riuscito a giocare bene,ero contento perche' una volta tanto mi ero sentito bene dentro.
Mi ero avvicinato moltissimo al genere di ragazzo che avevo in mente di diventare.
Questo per me era stato come vincere la Champions League.   Il fatto di essere troppo magro non mi aveva fermato.

Niente di nuovo.

Anche quand'ero grasso da bambino,tutti dicevano che avrei vissuto da emarginato.
Ora sapevo che non e' la bellezza esteriore a determinare il valore di una persona. La volonta' e' il vero ingrediente per riuscire...
Ma io non ero ancora pronto ad affrontare la vita. La gioia duro' solo poche ore.
Gia' la notte stessa,la mia mente comincio' ad andare in confusione.
Feci degli strani sogni ed in quei sogni conobbi il lato insicuro del mio carattere fino a quel momento ignoto.
Le mie insicurezze assunsero un nome e una faccia.

Non avevo mai avuto niente. Ora che sentivo di avere delle responsabilita',cominciavo a soffrire di manie di persecuzione.
Avevo un cuginetto di nome Christian,piu' piccolo di tre anni, che all'epoca aveva la fissazione di imitarmi.
Assomigliare a me in tutto,fare le stesse cose.
Non si rendeva ancora conto che fossi solo un buffone,il tipo sbagliato da idolatrare.

Dovevamo iscriverci insieme a scuola calcio.
Avevamo programmato di comportarci come fratelli anche sul campo,giocare nella stessa squadra. Farci una vita contemporaneamente. Diventare due punti fermi dell'Oikos Club.
Purtroppo i medici gli sconsigliarono categoricamente di giocare a calcio,poiche' allora soffriva di crisi epilettiche.
Lo avevano sconsigliato anche a me in realta'...

Magro com'ero affaticavo il cuore e non era da escludersi nonostante la mia giovane eta',che venissi colpito da un infarto durante una partita.

Ammiravo Christian perche' non si dava per vinto lo stesso.
Non poteva giocare ma non per questo smetteva di fare progetti sul proprio futuro.
Dragon Ball era il suo punto di riferimento. Fino all'ultimo lottava.
Non so perche' ma da quella notte in poi,anziche' sfruttare il mio momento favorevole,cominciai a fissarmi letteralmente con lui,provando una gran pena.
Anche lui avrebbe meritato un occasione come quella.
Mi sentivo in colpa. Perche' io potevo e lui no ?
Era strano comunque che adesso mi stessi facendo tutti questi problemi...
Non ero mica io il colpevole di tutto cio'. Nemmeno io me la passavo troppo bene.
Sembravo un anoressico,sbagliavo quindi a sentirmi fortunato in confronto a lui.
"Fino a ieri ero un perdente e se non la smetto tornero' ad esserlo permanentemente "
Negli occhi di Christian leggevo sempre un po' di comprensibile invidia ogni volta che parlavamo della mia avventura calcistica,ogni volta che mi vedeva a

casa della nonna mentre mi preparavo prima di ogni partita,sistemando la mia borsa con cura,guardando con aria adorante il mio completino verde,mettendomi una robusta fasciatura sul secondo dito del piede destro che mi ero rotto piu' di una volta...
Ci stavo male ogni volta che accadeva.
Io in quel momento avevo bisogno non di essere invidiato (a parte che c'era poco da invidiare),avevo bisogno di qualcuno che mi dicesse cose tipo :
"Coraggio,dacci dentro ! Cambia questa schifosa,merdosa realta' ! "

Non ero abituato a sentirmi fortunato e questo mi stava distraendo,allontanandomi dai miei obiettivi.
Avrei dovuto essere piu' egoista e soprattutto rendermi conto che fortunato non lo ero per niente.
Avevo solo fatto un passo in avanti,ma tutto questo dovevo essere in grado di mantenerlo e per mantenerlo dovevo essere ancora piu' tenace.
Invece il fuoco,la voglia di fare che avevo dovuto reprimere da bambino quando i miei mi avevano proibito di giocare a calcio,si spense nel momento in cui mi caricai la coscienza con i problemi di mio cugino. Era un bravo bimbo,forse avrebbe meritato piu' di me un occasione simile e questo mi turbo' al punto da farmi diventare completamente un'altra persona dal giorno dopo in poi.
Insolitamente calmo,tiepido,demotivato. Tanto che il pensiero di giocare la partita successiva che si sarebbe tenuta il Venerdi' della stessa settimana,non mi entusiasmava piu'.
Di tutto questo mi accorsi il giorno dopo quando andai a scuola. Ci tornai dopo settimane e settimane di assenze.
Avrei dovuto essere al settimo cielo,invece non ero piu' io.
Lo notai anche dal modo in cui mi comportavo con i

compagni,non ero piu' diffidente ed aggressivo,ma ingenuo,distratto e tutto d'un tratto anche poco carismatico.
Quella notte di incubi si era portato via il solito Davide,il tipo con le palle,il tipo che mi serviva in quel determinato momento della mia adolescenza.

Non ero stanco di essere sempre il rifiuto umano della situazione ?

Dov'era finito il ragazzino tenace che quando voleva una cosa non mollava fino a quando non la otteneva   ?
Dov'era andato a cacciarsi il Davide che quando veniva sottovalutato si esaltava ? Quello che credeva di essere piu' forte e coraggioso di tutte le persone che conosceva messe insieme?
Adesso ero fragile sia dentro che   fuori.
Questo era grave perche' rischiavo di perdere tutto.
Cercai di non darci peso,mi dissi che nella prossima partita avrei giocato ancora meglio dell'ultima volta ma dentro sentivo che non sarebbe andata cosi' e la cosa mi infastidiva.

AMORE O INFATUAZIONE ?

Crescere troppo in fretta non mi aveva   giovato.

A quattordici anni ero gia' stufo di vivere,portavo una maschera,come una barriera protettiva di ragazzo "arrogantello " e violento che a scuola si rifiutava di essere socievole con i   compagni.
Se qualcuno si avvicinava a me anche solo per fare due chiacchiere,io reagivo male. Volevo essere lasciato in pace.
Avevo promesso a mio padre di cambiare. Non avevo mantenuto la promessa.
Farmi odiare era la mia specialita'.
Alle scuole superiori dovevo essere un altro,invece ero lo stesso idiota che si rifugiava dentro a una gabbia di emozioni,perfino ora che avevo conosciuto mio malgrado il significato della parola   amore.
Fu li' che conobbi Luana.

Difficile spiegare a parole cosa rappresentasse quella ragazza per me.

Non ho mai fatto niente per conoscerla,anche volendo non sapevo come fare per togliermi la maschera,non sapevo come si facesse ad essere uguale agli altri miei compagni.
Ero semplicemente innamorato,ma non avevo la minima intenzione di dirglielo.
Lei mi faceva paura,era strano avere paura di un angelo.
Era cosi' bella...candida, magnetica...
La   chiamavano Memole,come il personaggio del cartone   animato.

Voleva essere uno sfotto' per via della sua bassa statura,dal mio punto di vista era un complimento.
Luana sembrava uscita da un libro di favole,aveva

degli occhi incredibili,se li guardavo mi sembrava quasi che luccicassero,che ci fosse dentro una luce particolare che brillava a qualsiasi ora del giorno e della notte.

Non avevo mai provato nulla di simile in tutta la mia vita e dopo di lei non avrei piu' provato nulla di simile,per nessuna.

In ogni mia conoscenza con l'altro sesso in futuro,avrei dovuto convivere col suo "fantasma ".

Io amavo lei,volevo lei,ma ero abbastanza razionale da rendermi conto nel momento in cui avevo perso il mio treno di doverci rinunciare.

Lei piu' avanti avrebbe trovato la sua dolce meta', quel Mathieu Clement che proprio non riuscivo a odiare,quel bravo ragazzo nato in Francia e vissuto in Italia che in pratica era perfetto : onesto,leale,umile,eccezionale nello studio e nel calcio,equilibrato a differenza di me.

All'epoca pero',in quell'inverno del 2002,quella fanciulla dal viso indescrivibilmente bello non era di nessuno e se io fossi stato sano di mente avrei dovuto approfittarne senza pensarci   troppo,

ma aldila' della sofferenza che avevo dentro,del fatto che fossi consapevole di non essere alla sua altezza,io pensavo che fosse da deboli innamorarsi,che un vero uomo non dovesse farsi coinvolgere.

Molto tempo dopo capii invece che i veri uomini sono fatti soprattutto di queste cose e che quella sensazione di pace che provavo allora quando guardavo negli occhi Luana,altro non fosse che il profumo della vita.

Un animale come me,che si ammazzava di seghe guardando film porno ogni sera,immaginando di scoparsi anche le vecchie,improvvisamente riusciva a pensare soltanto a quella ragazza.

Pensieri nobili,sdolcinati tipo:

"Quanto mi piacerebbe abbracciarla,accarezzarla,ma anche solo guardarla mi fa stare bene..."
Andavo a scuola,ci guardavamo e all'improvviso tutto quello che caratterizzava la mia vita sembrava dissiparsi.
Forse niente di tutto cio' che circondava la mia vita aveva senso.
Non so perche' all'inizio lei mi calcolasse,non avevo

nessuna virtu' all'epoca,oltre al fatto che sembravo malato ed ero bruttissimo.
Mi guardava spesso,mi stuzzicava,cercava di entrare in confidenza con me.
Cosa cavolo ci trovasse in me non lo sapevo,non lo capivo,ma ben presto cambio' idea.
Faceva sul serio ? Nonlosapro'mai.
I miei atteggiamenti sempre di cattivo gusto,il mio essere scorbutico,a volte perfino disgustoso nelle espressioni,alla fine fece si che lei mi schifasse ed io sentendomi molto piu' a mio agio nel ruolo di cattivo da odiare,fingevo di essere compiaciuto da questa   cosa.
Ricordo un paio di litigate causate da me.

Parole sgradevoli che non avrei dovuto dirle,insulti fatti senza un motivo.
Lei che mi guardava stupefatta da quanto fossi idiota,che   provava   a farmi ragionare con la sua saggezza,che mi diceva che il parere delle ragazze avrebbe dovuto interessarmi di piu' e io che rispondevo a tono "Non ho bisogno di nessuno ! Non mi interessa il parere di voi oche !
Io valgo anche da solo ! "

Minchiate. Io non valevo niente e lo sapevo.

Chissa' come sarebbe andata se invece di prenderla a male parole ogni volta,le avessi detto quanto mi piacesse...
Me lo domando ogni giorno ma col passare degli anni ho accettato che doveva andare cosi'.
Faccio i conti con la mia anima.

Una principessa non puo' stare con un essere come me.
Il viaggio interiore che doveva portarmi ad essere migliore,mi aveva portato a un definitivo declino.

Avevo compiuto quel viaggio e alla fine mi ero ritrovato
in un angolo a celebrare l'ennesima sconfitta mentre
qualcun altro gioiva.
Pensavo di dimenticarla in   fretta.

In fondo non eravamo niente,compagni,conoscenti e
basta...

Per qualche ragione mi ostino ancora ad amarla invece
e nel momento in cui ho deciso di scrivere un libro sulla
mia vita,mi e' venuto spontaneo scrivere il nome di lei.
Parlare di lei e di quelle incredibili sensazioni che mi
suscitava.
Ogni volta che litigavo con Luana avrei voluto dirle in
realta' quanto la amassi,ma non ci riuscivo...
Forse sarebbe andata male comunque. Forse no.
Forse io fallisco sempre in qualsiasi campo. E' nel mio
DNA.
Chissa' se esiste al mondo un'altra come Luana...

SOLO ED ABBATTUTO

Arrivo' il Venerdi'.
Mi imposi di smettere di pensare a Luana,a quella litigata avuta il giorno prima,che mi aveva scosso non poco.
L'avevo fatta grossa. L'avevo perfino strattonata.

Tutto questo perche' lei aveva cercato di parlarmi,di capire perche' fossi sempre cosi' incazzato.
Idiota ! Imbecille !
Quanto mi odio !
Me ne pentiro' per tutto il resto della mia vita. Mi concentrai sul campo.
C'era un'altra partita da vincere,giocando bene quella,il mister avrebbe puntato forte su di me anche in un vero campionato.
Orazio pensava che ormai avessi ingranato,che niente potesse fermarmi,ma quando misi piede sul campo,nuovamente realizzai di essere alle prese con una persona nuova.
Non avevo piu' quell'adrenalina,quasi non ricordavo piu' la ragione per cui mi fossi intestardito con quella strada del calciatore.
Non era stato forse perche' lo desideravo da quando avevo sette anni ? Non era stato perche' avevo molto da provare a me stesso ?
Io a questo non pensavo piu'.

Non ero entusiasta,non ero emozionato,ne' avevo piu' paura di sbagliare,di fare brutta figura.
Ero gia' stanco prima ancora di cominciare a giocare e non avevo piu' dentro quella paura di commettere errori che in molti casi ti aiuta.

Non sentivo piu' nulla nel mio cuore,era diventato vuoto.

"Forza   Davide ! Hai   aspettato   tanto   tutto
questo,dovresti essere contento. Svegliati ! Domani non
avrai altre possibilita',non ci sara' rivincita. Ogni anno
che passera' sara' piu' duro. Vuoi cambiare   ?
Vuoi vincere ? Perfetto : fallo ora !   "

Me lo dico mentre comincio l'allenamento. Parlo da solo
nella mia mente,a volte perfino a voce alta come un
isterico.
Ma io non voglio vincere,non lo voglio piu'. Vorrei solo
ritornarmene a   casa.
Penso gia' a quando saro' al calduccio sotto le coperte
nel mio letto. Che diavolo mi e' preso ?
Sono da manicomio.
Un'altra parte di me vuole rimanere perche' sa che
dentro a quel campo ho la possibilita' di crescere come
persona,ma senza fuoco dentro che senso ha giocare ?
Cerco di rianimarmi in tutti i modi perche' so
perfettamente cosa accadra' molto presto se non dovessi
farcela.
Ho delle visioni ben precise nelle quali prevedo il mio
futuro,prevedo tutto cio' che in effetti avrei passato
negli anni a venire per colpa di quel "blackout" mentale.
Prevedo che tutto andra' a rotoli. "Andiamo
ragazzo,andiamo ! "
Nemmeno un ennesima prova di fiducia da parte di
mister Orazio
basto' per restituirmi l'entusiasmo.
Dopo la sorprendente prova di forza dell'altra volta mi
disse che voleva provare a farmi giocare non piu' come
terzino destro ma come stopper,disse che in quel ruolo
con le caratteristiche che avevo potevo essere ancora
piu' efficace.
"Hai ancora la fissazione di giocare in attacco ? – mi disse
con un sorriso sornione poco prima che iniziassimo la
partitella,credendo che il mio problema,la causa di quel
broncio vistosissimo che avevo fosse quello – Va bene,ti

do il permesso : ogni volta che ruberai la palla agli avversari,parti pure all'attacco e fai gol ! " e mi strizzo' l'occhio.
Mia madre era li' fuori a guardarmi. Finita la sessione di allenamento sapevo gia' che avrei giocato una partita di merda.
Provai a parlarne frettolosamente con lei di cio' che mi stesse succedendo,guardando con la coda dell'occhio il mister che a momenti mi avrebbe chiamato per la partita.
Le dissi "Sto andando male..." Lei invece era entusiasta di me.
Durante l'allenamento avevo segnato un gol calciando da
centrocampo. Un altro colpo di culo.

Il pallone che mi ero preso era un po' sgonfio,sembrava quello della "SUPERTELE" .
Ignaro di cio' avevo calciato con tutta la mia forza e quel pallone di merda aveva preso una strana direzione.
Mi riusci' un tiro ad effetto e nessuno si accorse che si fosse trattato di semplice casualita'.
Il portiere mi urlo' "Sei un grande ! Che gol ! "

"Invece il mister sai che cosa mi ha detto due minuti fa ? – ribatte' mamma che non poteva certo sapere cosa mi passasse per la testa, finche' non mi sarei deciso a confessarglielo senza temere di fare la figura del cagasotto – Che fino a poche settimane fa non sapevi tirare,mentre adesso calci con precisione e hai anche imparato a palleggiare ! "
Le sorrisi e ancora una volta mi sentii in colpa nei suoi confronti. Povera donna!
Mi stava aiutando moltissimo. Mi accompagnava lei tre volte a settimana e poi rimaneva li' fuori ad osservarmi,sia per incoraggiarmi che per eventuali malori...

Era andata anche contro i medici pur di rispettare le mie scelte,aveva capito che il campo era diventato la mia ultima occasione per   vivere,per sentirmi libero,libero da ogni limite,limite che io stesso mi ero creato.

Una volta tanto reprimeva le proprie preoccupazioni per potermi vedere contento,a condizione che io le promettessi di prendere qualche chilo il piu' presto possibile.

La stavo tradendo. Continuavo a dimagrire e come se non bastasse non stavo apprezzando il suo regalo : quello di lasciarmi scegliere.

Stavo dimostrando che aveva avuto ragione quando da bambino mi aveva proibito di iscrivermi a scuola calcio,perche' tanto – parole sue – questo non mi sarebbe servito nella vita.

Finalmente avevo cominciato col calcio,anche se quattordici anni erano gia' tanti. A quell'eta' devi essere gia' bravo,ma grazie ad un cugino che faceva parte dello staff dell'Oikos avevo fatto in modo di entrare a far parte di quella squadra spacciandomi per uno che aveva gia' giocato.

Nessuno mi aveva creduto ovviamente dopo avermi visto nei primi disastrosi allenamenti muovermi goffamente,ma i passi da gigante che avevo mostrato poi in quella famosa partita del Mercoledi' avevano convinto tutti quanti.

Ora stavo per vanificare tutto.

A che cosa era servito convincere i miei genitori a farmi prendere da quella squadra ? E tutti i sacrifici che faceva mia madre accompagnandomi ?

Stavolta ero io il responsabile di quel prevedibile fallimento che stava per verificarsi.

Mamma mi stava rispettando da pseudo malato,ero io a non rispettarmi,a non volermibene.

Non so come sarebbe andata se avessi cominciato a sette anni come volevo io,tutto cio' che sapevo in quel preciso momento era che niente fosse piu' come prima.

A sette anni magari mi sarei divertito come un matto
inseguendo un pallone,ora non mi piaceva piu'.
Stavo deludendo le persone che amavo e me stesso.

SEGNATO

Eravamo proprio una bella squadra.

Ognuno di noi calciatori dell'Oikos aveva una particolare caratteristica.
In porta c'era Giuliano,il bambino portiere con la personalita' del campione. In difesa c'ero io che da terzino destro ero diventato stopper per un giorno.
I miei compagni del reparto difensivo erano il biondino col caschetto alla Nino D'angelo,Emanuele Amato,Marco Mazzeo che era il burlone del gruppo e Tobia,il piccolo grande Tobia.
Piccolo di statura e veloce come il vento sul campo,famoso per i suoi capelli rosso fuoco.
A centrocampo c'era Mathieu Clement,il nostro Andrea Pirlo,c'era Corrado detto "Il nano ", Ivan detto "Rambo" e un ragazzo di colore di nome Michael che noi scherzosamente chiamavamo "U turcu ".

A Catania infatti i ragazzi neri li chiamiamo simpaticamente e scherzosamente cosi' .
Non e' razzismo,anzi,e' un modo per non prendere troppo sul serio questa cosa...
Il centravanti del team era Salvo Mollica,l'unico quattordicenne capace di fare gol direttamente dalla bandierina del calcio d'angolo.
L'altro centravanti si chiamava come lui,Salvatore.

Era il ragazzo che tanto mi aveva elogiato nell'ultima partita dopo un inizio in cui ci stavamo reciprocamente sul   cazzo.
Come seconda punta avevamo Alfio "L'occhialuto ".

Grassottello ma con un gran cuore,volenteroso un po' com'ero io prima di crollare.
Portava degli occhiali da vista enormi e poco alla moda

che non poteva togliere durante la partita perche' senno'
non vedeva una mazza.
E poi c'era Michele,un ragazzo down che ogni volta che
riusciva a fare gol (anche in allenamento),si toglieva la
maglia e sotto portava sempre quella della Roma,quella
del suo idolo,Francesco   Totti.
Anche per lui il calcio era molto piu' che un
divertimento,era un modo per dire "Sono anch'io come
gli altri..."

Inizio' la partita.

In modo pressoche' casuale dopo il calcio d'inizio, rubai
palla a un avversario e timidamente provai a dar vita
ad un azione d'attacco.
"Bravissimo ! " urlo' Turi Testa,l'allenatore in
seconda,ma come previsto mi feci togliere il pallone
subito dopo da un centrocampista che mi chiuse lo
spazio abilmente e facilmente :
"E ti pareva ! " sbuffai prendendomela con me stesso.

Se la paura e' troppa e' ovvio che ti blocchi... La mia
partita fini' li'.
Per tutti i restanti minuti non toccai palla nemmeno
una volta.

L'allenatore non mi tolse,mi diede fiducia fino all'ultimo
ed anche per colpa mia perdemmo la sfida nettamente.
Gli avversari erano forti questa volta ma non fu tutto
loro il merito.
Fermo,stanco,un bambino vecchio dentro che girava
per il campo cercando di fermare gli avversari senza
alcuna convinzione di riuscirci.
Questo era diventato Davide.
Gettai la maglia per terra,fu come dire "Questa non me
la merito ", poi guardai Orazio e mi sentii mortificato:

"Mister,sono proprio a terra..."

Mi veniva da piangere. Mamma mi faceva   cenno di contenermi.

"Non piangevi da bambino,vuoi farlo ora che stai diventando un uomo? Solo per via di una partita andata male ? Che figura ci fai ?" mi sussurro'
Orazio mi consolo' subito "Non prendertela. I nostri avversari erano molto piu' bravi di quelli dell'altra volta..."
Non aggiunsi altro. Rimasi zitto.
Non riuscivo a spiegargli cosa mi stesse succedendo e soprattutto perche' mi stesse succedendo.
Non riuscivo a spiegarmelo nemmeno io.
Non mi bastavano i miei problemi,mi accollavo pure quelli degli altri. Se solo fossi stato quello di sempre...

Non solo sarei guarito ma avrei potuto vivere il momento piu' bello della mia adolescenza,l'unico...
La colpa era tutta mia.

Da quella batosta non mi ripresi piu',non la superai.
Continuai a giocare di merda fino a Giugno,quando la stagione termino' e non giocai neanche una partita ufficiale di campionato.
Mi limitai solo alle partitelle settimanali. Libero da ogni limite ?
No,nel mio caso : "A tutto c'era   un limite "
Orazio non potette buttarmi nella mischia,mi avrebbe fatto piu' male che bene.
Non ero all'altezza. Punto e basta.
Mi disse che dovevo pensare prima alla salute ma io me ne fregavo.   Il finale di questa storia purtroppo era inevitabile.
Scontato.
Bisognava che smettessi col calcio per ritrovare me

stesso.

Il cugino che mi aveva fatto entrare in squadra ogni tanto mi telefonava a casa.
Non eravamo molto legati,ma gli dispiaceva che stessi male,cosi' cercava un modo per invogliarmi :
"A Settembre alcuni nostri giocatori faranno un provino per andare a giocare nell'Atalanta,a Bergamo.Se vuoi ti ci porto...ma devi prendere qualche chilo,altrimenti come ti presento ? "
Un giorno ero piu' abbattuto del solito e gli risposi :

"Al diavolo la salute. L'importante e' saper giocare a calcio..."

E lui allora mi faceva rendere conto   :

"E tu ritieni di saper giocare a calcio cosi' bene da far passare in secondo piano il fatto che sei sotto peso ? "
"No " ammisi

"Allora vedi di prendere qualche chilo. Mezzo panino ogni volta che mangi e io ti porto a Bergamo..."
Risposi "Okay ", rispondevo cosi' a tutti ma poi non ascoltavo nessuno.
Io non volevo guarire.

Stare male mi forniva una scusa,un alibi per lo schifo di persona che stessi diventando.Una volta guarito sarei tornato a passare in secondo piano per tutti...sarei stato semplicemente uno che non valeva nulla.
Almeno adesso qualcuno mi capiva... Bergamo,un bel sogno senza dubbio...
Non mi spaventava il fatto di essere sotto peso di circa trenta chili,avrei potuto passare sopra anche all'inesperienza sul campo,magari questo mi avrebbe

motivato ancora di piu',ma non aveva senso andare li' con l'atteggiamento di uno gia' sconfitto.

L'ultima partita della mia vita coincise con lo stesso giorno in cui la mattina venni a sapere di essere stato bocciato a scuola.
La presi malissimo.
Anche li' stessa condotta. Avevo cominciato alla grande con ottime intenzioni e ottimi voti,poi mi sono perso facendo una marea di assenze e smettendo di studiare.
Ancora peggiore la mia condotta in amore ; mi ero fatto odiare a morte dalla ragazza che amavo piu' della mia stessa vita.

L'ultima litigata con Luana era stata la peggiore.

Ci eravamo presi dinuovo a male parole in occasione del mioultimo giorno di scuola.
Io terminai il mio anno scolastico con un mese d'anticipo. A inizio Maggio ero gia' "in vacanza ".
Durante l'ora di educazione fisica, nel cortile feci la mano morta alla sua migliore amica solo per il gusto di provocare lei che ovviamente non me le mando' a dire :
"Sei un maiale,se ci provi con me vedi cosa ti succede..."
"Spiacente,dopo averti vista bene sono gia' diventato frocio..."

Anche questa volta mi guardo' come se fossi il peggior essere sulla faccia della terra. Probabilmente lo ero.
Non ribatte' . Uno come me andava evitato...ignorato.
Dio,quanto era bella in quel preciso istante !
Quando si indispettiva,si accigliava,quando voleva essere aggressiva
ma non perdeva neanche un pizzico del proprio candore.
Il suo broncetto che non mancava occasione di arricciare...

Dopo il battibecco mi misi a parlare con un mio compagno che mi leccava il culo soltanto perche' ero tosto.
Parlavamo di oscenita' di ogni tipo per sentirci "grandi ",di tutti i film pornografici che ci eravamo visti,in particolare di un film di Moana Pozzi che avevo visto la notte precedente...
Luana era seduta sulle scale di fronte a noi e continuava a fissare me...
Mi guardava tenendo gli occhi fissi.
Occhi tristi che sembravano voler scoprire cosa ci fosse dentro di me.
Io finsi di non accorgermene e continuai a dire porcate col mio compagno coglione,sghignazzando di continuo,fingendo di divertirmi per fare la parte del bulletto.
Avrei dovuto chiederti a cosa stessi pensando piccola Memole... Pagherei qualsiasi cifra per poterlo scoprire.
Sono passati tantissimi anni,chissa' se te lo ricordi ancora...o se quell'episodio per te e' stato talmente insignificante da averlo rimosso.
Forse oggi se tu sapessi quello che provo per te,rideresti di me.

Penseresti : "Come potevo perdere tempo con un caso umano del genere ? "
Sappi che mi hai cambiato la vita...
Avrei dovuto chiedertelo io,avrei dovuto chiederti a cosa stessi pensando mentre mi guardavi.
Avrei dovuto togliermi quella maschera di prepotente e farti vedere che ero solo un bambino impaurito,guardarti nello stesso modo in cui ti guardavo quando tu non mi vedevi.
Dovevo dirti quello che provavo,anche a costo di rendermi ridicolo.

Ho fatto il deficiente in seguito,con ragazze che non

mi piacevano nemmeno un quarto rispetto a quanto mi piacevi tu.
Anche in questo sono stato una contraddizione.

L'unica ragazza con cui avrei dovuto dichiararmi, io l'ho trattata di merda.
Scusami... Avevo paura.
Paura di cio' che sentivo per te,paura di non poter essere il ragazzo che volevo essere.
Non lo sono mai stato,per una ragione o per un'altra.

Dopo aver letto sulla parete della scuola "Davide Cifala'...non ammesso ", tornai a casa affranto.
Una volta giunto in salotto esplosi : buttai lo zaino per terra e scoppiai a piangere.
Mia madre condivise anche quel momento con me.
Addolorata mi lascio' sfogare senza dire niente per un po',dopo mi disse di reagire ed io piano piano lo feci.
Andai in cucina,rimasi seduto sul divano a fissare il vuoto per circa mezz'ora,poi presi la mia macchina da scrivere ed aggiunsi un capitolo nuovo nel mio diario personale.
Scrissi queste frasi :

"Qual'e' la ragione della mia tristezza ?

Sono il ragazzo che ho sempre desiderato essere,o meglio,sono arrivato a tanto cosi' dall'essere quel ragazzo. Stavo giocando a calcio,stavo andando nella scuola dove volevo andare e avevo cominciato cosi' bene... Quasi tutti 7-8...
Avevo conosciuto una ragazza incredibile e lei all'inizio sembrava sul punto di essere interessata a me. Se sapesse come vivo le avrei fatto schifo da subito.

Ho rovinato tutto e non so perche'... Ho perso.

E' la sconfitta piu' grande di tutte .

Vorrei rimediare piu' tardi salvando almeno la mia avventura calcistica,ma so gia' che chiudero' male anche li'.

Dio, aiutami tu...”

Dio ti aiuta solo se anche tu ti   aiuti.

Inutile precisare che anche quell'ultima partita fu come previsto un fiasco.
In campo pensavo minuto per minuto a tutti i miei fallimenti,a come stessi buttando nel cesso gli anni migliori,gli anni della spensieratezza,chiudendomi in un assurda prigione personale dalla quale non sapevo piu' in che modo uscire.
Era cosi' evidente che anche mia madre se ne accorse...
Nuovamente cerco' di incoraggiarmi prima del fischio d'inizio : “Coraggio,grinta ! “
Spiacente,non ne avevo piu' da un pezzo. Non toccai palla per tutti i novanta minuti.
Ogni volta che il pallone mi arrivava vicino ero io a scostarmi come se ne avessi paura,chiedendomi di conseguenza cosa ci fossi venuto a fare li'.
Era finita.

Addio Oikos Club : comunque sei stata un ricordo degno di nota. Forse non eri quello che mi serviva davvero.
Forse non eri quello che volevo. Nemmeno tu.
Ciao Orazio. Sarebbe stato troppo doloroso dirgli addio,me ne andai dal team senza dire niente. Senza mai salutarlo.
Sparii.
Comportandomi in modo diverso avrei finito col cambiare idea. Non avevo piu' il controllo di me

stesso,andavo aiutato.

Non potevo piu' ignorare la realta'. Non potevo piu'
nasconderla.
La bocciatura a scuola mi aveva smascherato,era
stata la prova lampante che niente nella mia vita
stesse andando bene.
Non tornai mai piu',ne' in un campo di calcio,ne' in un
aula scolastica.
Mi ritirai da entrambi.

Il calcio lo lasciai a malincuore.
Dovetti riconoscere una realta' che avevo nascosto
finche' era stato possibile : il calcio non mi aveva reso
migliore,mi aveva fatto diventare piu' pazzo.
Per una volta ebbi tutta l'attenzione dei miei genitori
(con mio fratello che ovviamente si indispettiva),che
prendendo in pugno la situazione, smisero di pagarmi
le lezioni di uno sport che anziche' risollevarmi mi aveva
buttato ancora piu' in basso,nell'abisso.
Fui arrendevole anche in questo. Non mi ribellai.
Dissi che volevo continuare a giocare certo,ma non lo
dissi con insistenza perche' sapevo che avevano ragione
loro...
Guarire era l'unica cosa che contava.
Se non volevo farlo per me, dovevo farlo per mia madre.
Solo cosi' avrei potuto rimediare tutto il male che le
avevo   fatto.
Passo' il tempo,che trascorsi per gran parte senza far
niente : senza studio,senza lavoro,senza vita sociale...
Presi dei chili e piano piano almeno all'apparenza
assunsi dinuovo un aspetto normale.
Sulla carta,dai sedici anni in poi divenni un
normalissimo adolescente,ma comincio' da li' una vita
ai limiti dell'assurdo che forse quando mi ero ammalato
avevo in qualche modo   previsto.
Vita tra battaglie personali,battaglie con me stesso

per cercare di non impazzire nel patire una situazione a casa a dir poco insostenibile,con quel mostro di fratello che anziche' maturare,con gli anni divenne ancor piu' egoista,ancora piu' insicuro e immaturo ed avrebbe esasperato tutti.

Inutili i miei interventi : se perdevo la pazienza peggioravo la situazione,se mantenevo la calma facevo la figura del passivo.

Con una madre distrutta dalle disdette riservategli dalla vita, che per rimediare i miei errori passati e per coprire le mancanze di mio   fratello mi sarei ritrovato sempre a proteggere,sacrificando la mia vita stessa che valeva meno di zero.

Un bel giorno mi sarei svegliato scoprendo di aver fatto anche troppo   e quando lo avrei capito, la mia vita sarebbe stata ormai definitivamente rovinata,in modo irrimediabile.

Con un padre che lavorava tanto,tantissimo,anche quando stava male,ma che non ho mai potuto godermi per colpa di mio fratello,che pur di essere il preferito faceva di tutto e di piu' e un po' anche per via del suo carattere troppo taciturno e poco autoritario.

Raramente lui mi ha dato consigli,anche se ricordo con piacere una bellissima conversazione avuta proprio dopo la bocciatura a scuola che mi diede delle motivazioni extra per guarire...

Grazie papa'...

Ritrovatomi nel calderone dovetti per forza di cose tornare ad essere il piu' forte. Il piu' maturo,quello con piu' testa e cuore,ma quando ormai tutto era andato perduto,quando ormai non c'era piu' nessun campionato di calcio da vincere,nessun diploma da portare a casa,nessuna ragazza stupenda da conquistare.

Il ruolo del piu' forte che da bimbo mi piaceva,scoprii invece che era

assai scomodo. Quando sei il piu' forte non puoi

permetterti di avere delle debolezze,devi gestire tutti,non puoi perdere la testa quasi mai.
La verita' e' un'altra : non sono piu' andato avanti da allora.

Una parte di me e' rimasta bloccata in quell'istituto scolastico mentre tutti gli altri sono cresciuti,sono andati avanti diventando qualcosa di piu'...
Un'altra parte e' ancora su quel campo di calcio e continua ad inseguire il gol della vita.
Ho passato una marea di altri momenti orribili dopo,senza piu' avere la scusa della malattia e me li sono meritati tutti.
L'occasione per cambiare le cose l'ho avuta sia in quella scuola,sia in quel campo e non ho tentato abbastanza pur essendo a conoscenza delle conseguenze che si sarebbero scatenate poi...
Quando il mio cuginetto Christian e' diventato un uomo,il destino ha fatto si che noi due ci invertissimo i ruoli : lui guari' completamente dai suoi problemi di salute e con l'aiuto di una famiglia che lo ha sempre sostenuto,oggi vive una vita meravigliosa,con un lavoro ereditato dal padre,una fidanzata che l'adora,una sorellina minore pazza di lui e una madre orgogliosa.
Dio lo ha premiato per non aver mollato la presa neanche quando tutto sembrava remargli contro.
Oggi mio cugino e' come avrebbe voluto essere.

E' grande ormai,non ha piu' bisogno di sognare,non ha piu' bisogno di desiderarsi calciatore. Vive gloriosamente la propria esistenza.
Se avessi saputo che un giorno ce l'avrebbe fatta,forse all'epoca non mi sarei fatto venire tutte quelle manie...
Oggi gli somiglio molto,somiglio molto da adulto al bambino che era lui,a quel tipo impertinente che ammiravo perche' non mollava mai.
Lui ha avuto una grande influenza su di me,e' stato uno

dei pochi. Anch'io oggi cerco di affrontare le mie lacune come faceva lui.
Ho imparato molto da mio   cugino.

All'apparenza sono guarito anch'io,ma quei disagi interiori che manifestavo sul campo non li ho mai superati,nemmeno adesso che non gioco piu'.
Qualcosa si e' rotto.

Lui vive una vita mille volte migliore della mia,ma non si fa gli stessi problemi che mi facevo io,talvolta nemmeno apprezza cio' che ha...
La sua storia mi ha insegnato molto,la mia e' molto diversa.

E'giusto che io abbia sofferto e che soffra ancora un po',spero soltanto di riuscire un giorno ad imparare dai miei   errori.
Questa volta per davvero.

Oggi i miei tormenti si manifestano sotto altre forme,con altri fantasmi.
E'come se ogni tanto ci fosse un fantasma che mi assilla che in ogni periodo diverso della mia vita assume facce diverse.
Sara' per questo che una volta ce l'ho con Tizio e un'altra volta con Caio ?
Non sono gli altri il mio vero problema in realta'... Il problema sono io.
L'avversario da sconfiggere e' la mia coscienza cattiva.

7

Adesso mi trovavo davanti a una persona che credevo di conoscere ma della quale non sapevo nulla in realta'.
Io e Jessica stavamo insieme gia' da un mese.

Tutto era stato perfetto fino a li' ,ma non aveva molto valore.

Anche nei peggiori matrimoni in fondo,l'inizio e' sempre il periodo piu' bello ma al tempo stesso il meno veritiero. Soltanto col tempo si capisce se c'e' amore,se l'amore e' vero. Nel nostro caso,di amore non si poteva proprio parlare.
Tra poco lei avrebbe vuotato il sacco,mostrandomi la sua vera natura.

Avevo ribattezzato Jessica come una ragazza furba ma non malefica,mi sbagliai e di grosso. Jessica non c'entrava proprio nulla con la ragazza che aveva finto di essere fino a quel momento.
Era tutto parte di una strategia,la quale prevedeva la mia distruzione.

Quale soddisfazione provasse nell'annientare le persone che non le avevano mai fatto nulla, io non lo avrei mai capito.
Aveva una mente diabolica nella quale era impossibile leggere,era marcia dentro e la cosa non le dispiaceva.
Anzi,la divertiva.
Far male ai ragazzi le dava come una sensazione di potere.

Non eravamo simili come pensavo : io mi fingevo cattivo per paura di soffrire,per non far vedere le mie "fisime", lei lo faceva perche' cosi' si sentiva   importante.
Avevamo un punto in comune soltanto : entrambi ci rifiutavamo di guardarci dentro.
Entrambi avevamo paura delle risposte che avremmo

potuto trovare.

C'ero cascato perfino io,il piu' diffidente ragazzo dell'universo terrestre,soprattutto da quando Jessica aveva deciso di regalarmi un pegno d'amore.
Idea sua.

Un pomeriggio mi disse che aveva comprato un ciondolo a forma di cuore e che voleva che lo portassimo entrambi al collo,una meta' ciascuno.
Lo spezzai e legai la mia meta' nella mia catenina accanto al crocifisso mentre lei lo portava al centro di una collanina di caucciu' in bella vista.
Un gesto bellissimo,ma niente per quella ragazza poteva avere un significato profondo.
Erano moine,soltanto moine,parte del suo piano.

Quella semplice giornata di inizio primavera poteva essere meravigliosa con la persona giusta accanto.
Quel piccolo parco dove passavamo molti pomeriggi avrebbe potuto possedere uno scenario maestoso se solo fossi stato li' non solo con il corpo ma anche col cuore.
Quella non era la persona giusta purtroppo...da qualche tempo me ne rendevo conto nonostante non avessimo avuto ancora nessun genere di screzio.
La mia coscienza mi lanciava segnali inequivocabili,ma io non avevo alcuna intenzione di lasciarla e se programmavo di farlo,tornavo sui miei passi un attimo dopo.
Era pura vigliaccheria. Paura di rimanere solo.
Mi stavo divertendo come non mi ero mai divertito prima. Che andavo cercando ?
Per adesso potevo accontentarmi.

"Per favore,rispondimi sinceramente : per te sono solo un passatempo? "
Mentre pomiciavamo indisturbati dietro ad un grosso

albero,la mia ragazza mi scosse dai miei pensieri.
Pensavo di essere stato bravo a farle credere di stare con lei non solo per via dell'attrazione fisica che sentivo,evidentemente invece ero distaccato senza rendermene conto molte volte...
A nessuno dei due importava niente dell'altro,entrambi pero' ci ostinavamo a recitare.
"Sei una ragazza che sto conoscendo piano piano..." risposi senza scompormi piu' di tanto.
"Per fortuna. Non mi piace essere considerata un utensile ! "

Stavo con lei per colmare la mia solitudine,tuttavia a un certo punto sentii il bisogno di essere sincero :
"Ci sono molte cose di me che non sai ..." annunciai
"Beh,dimmele allora...avro' pure il diritto di sapere con chi sto..."
Guardando la sua aria cosi' fredda,i suoi occhi cosi' duri e spietati,mi consigliai di non confidarmi con lei.
Quel giorno,quella sua perfidia di cui precedentemente non mi ero accorto,l'avrebbe notata perfino un cieco.
Era diversa.

Ormai c'ero dentro pero'... Ormai avevo cominciato.
"Io non sono esattamente la persona che ho detto di essere fino ad oggi – e lei in quell'attimo sicuramente stava pensando la stessa cosa di se stessa – Non sono uno studente tanto per cominciare,sono due anni che non frequento piu'. Al momento non faccio niente,sono un vagabondo. Non ho prospettive ma non mi lamento. Ho quasi giocato con la vita ultimamente e gia' solo il fatto di stare in piedi,di riuscire a fare le cose che fanno tutti i miei coetanei lo considero un ottimo inizio per ripartire da zero. Devo ringraziare soprattutto te per questo,magari se tu non ci fossi stata ci sarei ricascato – mi fermai giusto un attimo per studiare sul suo volto l'effetto delle mie

parole e non scorgendo alcuna emozione,alcuna
espressione,mi sentii un perfetto deficiente – Spero
comunque che questo non cambi le cose tra noi. In
fondo sono sempre il ragazzo che hai conosciuto
quella sera al bar,un po' diverso da come te lo
immaginavi forse...ma sono pur sempre io."
E ora che facevo ?

Da una parte sostenevo di non amarla e dall'altra
cercavo di convincerla a tutti i costi a credere in me ?
Jessica apparve totalmente disinteressata.

Quella sera stavo imparando a conoscerla di piu' e piu'
la conoscevo, piu' cominciavo a disprezzarla,eppure il
solo pensiero di separarmi da lei mi atterriva.
Cosa avrei fatto dopo ?

Non era Luana certo,ma era comunque l'unica ragione
per cui la mattina mi svegliavo senza piu' pensare :
"Oh Dio ! Comincia un'altra giornata del cazzo ! " Lei
non aveva ascoltato sul serio le mie   parole.
Ci fu un lunghissimo,imbarazzante momento di
silenzio in cui
sembrava proprio che non sapesse cosa dirmi,poi
improvvisamente simulo' indignazione mantenendo
pero' sempre la sua aria "glaciale"

"Io detesto le bugie e sono molto volubile..."

Annuii "Stai cercando di dirmi che ti penti di esserti
messa con me ora che sai tutto ? "
"Questo non lo so...comunque sia,hai ancora tempo per
decidere cosa fare domani."
Quel "non lo so " mi fece andare in escandescenza. Mi
convinsi di non valere niente.
Pensai di averla delusa.
Invece per lei,io non valevo niente a prescindere.

Neppure se le avessi detto di essere il presidente della Repubblica.

Non aveva cambiato atteggiamento perche' le avevo raccontato quelle cose di me,era cambiata perche' cominciava a stancarsi di fare la parte dell'agnellino.

Da quel momento in poi avrei avuto una " love story "con una strega. "Se vuoi andartene io non ti trattengo" "Non voglio andarmene ma non nego di essere un po' confusa..." "Speravi che la mia vita fosse tutta rose e fiori ? "

"No,ma non immaginavo che tu avessi vissuto esperienze tanto drammatiche..."
"Quindi ? Cosa vuoi fare adesso ? " Imprevedibile.
Erotica. Sprezzante. Irritante.
Avrei potuto definire Jessica in piu' e piu' modi...

Lei aveva sempre il colpo in canna,ti dava sempre la risposta che non   ti aspettavi.
Mentre ansioso aspettavo che mi dicesse qualcosa,qualunque cosa,lei come se niente fosse fece una cosa da sfacciata qual'era : interruppe la nostra serissima conversazione allontanandosi da me come se niente fosse.
Senza dir nulla.

Parti' come un razzo dirigendosi non so dove,lasciandomi li' fermo come uno scemo.
Dove diavolo era andata ?
Quella ragazza sapeva rendere migliore la mia vita ma sapeva anche farmi sentire "un salame " ed io ogni volta che mi sentivo cosi' diventavo cattivo. Diventavo violento.
Nessuno doveva farmi sentire cosi'.
Mi si poteva dire di tutto,ma umiliarmi no.

Passo' qualche minuto e sembrava che lei fosse sparita,mentre mi scervellavo poi, la vidi tornare da

me con la stessa faccia tosta con cui prima mi aveva
piantato in asso,con un sorriso sornione che mi diede
i nervi. Si rimise dietro al nostro albero e disse:
"Stavi dicendo ? "

Sapeva di avermi fatto incazzare. Mi stava provocando
e quegli occhi malefici promettevano cattive sorprese.
Si gusto' il mio palese nervosismo come una grande
vittoria,io la guardai malissimo e in un attacco di collera la
afferrai per la gola sbattendola piu'   volte contro il tronco
dell'albero :
"Non permetterti mai piu' di piantarmi in asso ! –sbottai
– Mai piu' !
Io non ti riconosco piu' ! Ma che cavolo ti e' preso
stasera ? Sembra quasi che tu voglia litigare a posta..."
Mi pentii subito di quel gesto violento ma lei
continuava a farmi sentire ridicolo.
Quell'orribile ghigno da strega malvagia che sfoggiava
era indelebile.

Avrei potuto schiaffeggiarla,strozzarla,procurarle
tutto il male fisico possibile immaginabile,non si
sarebbe scomposta.
Non solo era priva di sentimenti,era anche molto
commediante nel modo di esprimersi,come se
davanti avesse un copione.
Anche questo particolare di lei non lo avevo mai notato
prima d'ora...
"Ti diverti a prendermi per il culo ? – attaccai dinuovo –
Dove diavolo eri andata? "
Jessica si fece un'altra risata tenendomi sulle spine.
"Ho visto alcuni miei amici qui al parco e sono andata a
salutarli..."
Fui tentato a metterle dinuovo le mani addosso ma
resistetti,non volevo cadere ancora piu' in basso.
"E questo ti sembra un motivo valido per andartene
mentre ti parlo ?" "Non posso avere degli amici ? "

"Il problema non e' questo – ribattei – Ma ti sei vista ?
Sembri una puttana da casino. Non per via del tuo
abbigliamento sexy. Non per via del trucco eccessivo in
faccia. Il modo come ti comporti e' il problema...Sei
squallida ! Devo essere proprio matto se ho pensato
anche solo per un secondo di fare sul serio con te !   "
"Finora la puttana da casino ti e' piaciuta pero'..." fu
tutto quello che seppe dire
"Forse non mi ero accorto di quanto troia fosse...Se mi
dici che ti sei stancata di me e che mi stai provocando
per questo, facciamo prima !
Speravo che un giorno mi avresti mollato almeno per
delle ragioni legittime."

Come avevo potuto non accorgermi prima di che essere
repellente fosse la mia ragazza   ?
Nuovamente Jessica non seppe cosa dire e con una coda
di paglia che non finiva mai,ancora una volta se ne usci'
con un improbabile commedia : simulo' un pianto
strozzato per farmi sentire in colpa.
Una recitazione mediocre,poco credibile poiche' non
riusci' a farsi uscire una sola lacrima,al massimo
qualche singhiozzo,tanto che io scoppiai a ridere :
"Non sei credibile neanche un po' ! Anch'io all'inizio
pensavo che tu fossi diversa,invece stasera sto
scoprendo cose di te che non mi piacciono affatto. Ma
sei capace di essere sincera,anche solo per un attimo ?
Perche' senti questa dannata necessita' di fingere ? "
"Nemmeno tu hai idea di che persona fossi prima di
conoscere te...Mi stai giudicando senza darmi una
possibilita' "
"A me sarebbe bastato che tu fossi sincera come io sono
stato sincero,ma e'evidente che abbiamo idee diverse.
Chiudiamola qua,e' meglio !"
E fui deciso ad andarmene.
Ora sapevo con certezza che quella sera al bar non
l'avevo rimorchiata per merito mio,perche'

all'improvviso ero diventato un playboy,ma soltanto
perche' lei me lo aveva lasciato fare,illudendomi di
essere un grand'uomo che ci sapeva fare con le donne.
Tutto falso. Quelle come lei non potevano stare senza un
maschio,io avevo avuto soltanto il culo di trovarmi al
posto giusto,al momento giusto,inconscio di chi fosse
quell'essere.
Quello era stato il gioco di Jessica : lei era la
burattinaia,ma io odiavo interpretare il ruolo di
burattino. Per questo ci scontravamo.
Le voltai le spalle e feci per andarmene : "Addio Jessica

Un improvviso bagliore le illumino' gli occhi,di colpo non
piu' inespressivi. Quel finale non poteva andarle giu'.
Voleva essere lei a dire "basta ",a decidere quando sarebbe
finita,trovo' quindi l'unico modo possibile affinche' io mi
piegassi :
"E va bene –annuncio' prendendomi per mano decisa –
Credo di aver capito quello che vuoi...credo di sapere come
farti calmare. Vuoi una prova d'amore ? L'avrai ! "
Comincio' a tirarmi,io mi irritai ancor di piu' "Di che cazzo
stai parlando ?   "
Mi strinse la mano con piu' forza :

"Vieni con me dai..." e con passo veloce comincio' a
camminare trascinandomi a controvoglia.
"Che cos'hai in mente ? Sono stufo di questi giochetti !   "

Con l'immancabile sorriso malizioso in volto,scherzo'
ignorando le mie reazioni
"Ho cattive intenzioni e non so come ti   finira'..."
Io capii a cosa alludesse e mentre lei continuava ad
affrettare il passo replicai "Non   risolverai   tutto
scopando "
"E' l'unica cosa che ci manca per essere una coppia
vera e propria "
In effetti non lo avevamo ancora fatto ma non era certo

questo che in quel momento ci stava facendo allontanare.
Il nostro rapporto era gia' in bilico.

"Per essere una coppia vera e propria e' necessario che io capisca perche' ti stai comportando in questo modo. Eri finta prima o sei impazzita di colpo ? Chi sei veramente Jessica ? "
Una ragazzina molto pericolosa e dannatamente intrigante.

Dopo aver cercato di oppormi (a parole) pero',quando ci ritrovammo davanti a una palazzina e realizzai pertanto che mi stesse portando a casa sua,inutile nasconderlo,misi da parte il mio risentimento.
Avevo bisogno di crederle. Avevo bisogno di cogliere al volo ogni attimo,tutto il bello che c'era da cogliere,anche con un rapporto basato sulla menzogna. In vita mia ero gia' stato alla finestra per troppo tempo,praticamente sempre. Una volta tanto volevo sentirmi un ragazzo come tutti gli altri.
"Che vada a fanculo anche l'orgoglio –pensai - voglio stare bene. Basta con questa maschera di superuomo. Fai il ragazzino una volta tanto!"
Ma i nostri screzi erano soltanto rimandati. I dubbi su di lei non sarebbero spariti,neppure facendosesso.
Non sapevo che abitasse li',a due passi dal parco. Quando fummo davanti al suo portone,Jessica mi disse : "Ho casa libera ma non per forza dobbiamo salire..."
Si aspettava che la implorassi di fare sesso con me. In effetti non vedevo l'ora,ma ero orgoglioso e guardandola con occhi di ghiaccio,non dissi cio' che voleva sentirsi dire :
"Che cosa ti aspetti che ti dica ? La casa e' tua,devi decidere tu."
"Ho pensato che stare un po' soli dentro a quattro mura ci potrebbe aiutare a smaltire la tensione " il suo tono di

voce era sexy ed invitante. Io decisi di continuare a fare il duro ancora un altro po',prima di cominciare a sbaciucchiarla in tutto il corpo.
"Qui c'e' solo una persona tesa e quella sei tu ! "

Ancora mi teneva stretto per mano. Il portone si apri' e lei mi indusse ad entrare "Dai,andiamo."
Non ci volle molto a farmi capitolare una volta entrati. Era un palazzo abbastanza signorile con un ascensore molto spazioso.

Mentre salivamo le scale le diedi una forte sberla sul culo,lei finse di scandalizzarsi ma rise sottecchi. Mi piaceva prendere le donne con la forza e a lei piaceva che lo facessi,malgrado la sua tendenza a "comandare "sia dentro che fuori dal letto.
C'era un intesa perfetta tra di noi. Due porci.

Con le altre ragazze che avrei conosciuto dopo sarebbe stato tutto diverso da questo punto di vista : alcune si sarebbero poi lamentate per i miei modi bruschi quando scopavo. Io e Jessica eravamo invece sulla stessa frequenza,almeno in questo. Amavamo il sesso un po' violento e tra poco avremmo combinato l'inferno...
Quando ci ritrovammo davanti alla porta del suo appartamento,Jessica prima di girare la chiave nella toppa mi guardo' intensamente e con maestria seppe trovare le parole giuste per addolcirmi e farmi cedere definitivamente :
"Ti amo "
Sapevo che stesse mentendo,ma sapevo anche che bisognava approfittare della situazione : lei era dinuovo disposta a recitare la parte della fidanzata dolce come il miele ed io non ne avevo mai mangiato.
Per questo adesso ero desideroso di gustarmelo fino in fondo,assaporarlo.

8

"Ti amo ".
Quella parola aveva sempre il potere di complicare tutto. Fu cosi' bello sentirselo dire...
Le mie difese crollarono.

Non mi chiesi piu' se fosse vero o meno,volevo solo godermi quelle parole e quel momento.
"Ti amo anch'io " risposi accendendo la luce non appena mettemmo piede in casa.
Lo dissi a bassa voce,balbettando quasi,con poca convinzione.

Volevo dare piu' valore a cio' che stavamo per fare,quindi provai a convincermi almeno per qualche ora che lei fosse la ragazza giusta.
Jessica spense la luce,poi si fermo' al centro del salotto. I nostri corpi sisfiorarono.
Era destino evidentemente che lei dovesse essere la ragazza di tutte le mie prime volte.
La prima che avevo baciato sulle labbra.

La prima a cui avevo detto "Ti amo" e tra poco anche la ragazza con la quale avrei perso la mia verginita'.
Le accarezzai delicatamente i capelli e lei mi disse :

"Scusa..." con voce cosi' erotica da farmi vibrare d'eccitazione,riferendosi alla nostra precedente litigata.
Stava tremando dalla voglia di fare sesso,lo sentivo.
Tremava forte,cercando riparo sul mio petto.

Mi accarezzo' la schiena sussultando e impaziente mi condusse nella sua stanza.
Adesso ero in trappola.

Dieci minuti prima l'avevo disprezzata per la sua

falsita',adesso invece ero eccitato dal gusto del proibito,dal fatto stesso che Jessica non fosse la ragazza adatta con la quale trastullarmi. Dal fatto stesso che   li' non avrei dovuto starci.

Ora,quello sguardo da maiala posseduta dal demonio che inizialmente mi aveva invogliato a prenderla a schiaffi,mi stava piacevolmente uccidendo e piu' lei si mostrava perversa,piu' aumentava la mia voglia di scoparla.

"Se questo e' il risultato – risposi soddisfatto – provvederemo a litigare piu' spesso..."

Jessica stava giocando ? Ora la cosa non mi infastidiva piu',ero diventato volentieri la sua cavia.

Non ero abituato ad essere cosi' contento,temevo quasi che tutto cio' fosse troppo grande per me.

Quando mi capitava di stare bene,non riuscivo a crederci. Allora anch'io ero un essere umano !

"Quello che stiamo per fare non e' sesso ma amore " dissi con voce che suono' incerta alle mie stesse orecchie.

Buttai il mio giubbotto in pelle sulla sedia della sua scrivania e proprio come lei voleva le saltai letteralmente addosso.

Ci baciammo con passione,intravidi il lampo malizioso nei suoi occhi sensuali e allora seppi di non poter piu' tornare indietro.

I nostri baci cominciarono a poco a poco a farsi avidi. Non avevamo voglia di amarci ma di sballarci,divertirci,dominarci a vicenda.

Con le mani le presi la nuca,stavolta in modo brusco,accarezzandole la pelle sensibile prima di lasciar scorrere le labbra lungo il collo,leccandola e mordicchiandola,obbligandola a fare qualsiasi cosa io volessi.

Avevo assaggiato il frutto proibito ed ero posseduto anch'io dal demonio adesso,cosi' coinvolto ed affamato

che perfino una puttana come Jessica si lascio'
dominare come un pugile stretto all'angolo,come un
cucciolo indifeso.
Probabilmente le era gia' capitato piu' e piu' volte di
essere sbattuta violentemente,ma il suo respiro
irregolare mi confermo' l'ottima intesa che ci fosse tra
di noi a livello "fisico ".
Fece cenno di si con la testa quando mentre la
mordicchiavo le chiesi se le stesse piacendo,dopo fu
lei a prendere il sopravvento accarezzandomi ogni
singolo muscolo del torace,tracciandomi con la lingua
una scia di fuoco finche' sotto al suo tocco non mi
senti' fremere.
Inizio' a sbottonarmi la camicia e quando me la ebbe
sfilata affondo' le dita nella peluria del mio petto :
"Ma tu mi vuoi bene ? " mi   chiese

La domanda mi mise abbastanza in difficolta' "Si..."
risposi imbarazzato.
Chissa' perche' il pensiero di aprirmi con qualcuno mi
terrorizzasse
tanto.
La mia voce era indifesa, all'improvviso come quella di
un bambino.

Cedendo al suo diabolico gioco di seduzione avevo
smesso del tutto di recitare quella parte da duro che mi
era sempre riuscita cosi' bene.
"Ti voglio bene " era una parola che pronunciavo gia' a
fatica,figuriamoci "Ti amo ". Tanto piu' se non era vero.

Mi poggio' una mano sul sesso "Sei bravo a letto..."

Le tolsi la camicetta con gesti frenetici e gliela gettai a
terra : "Questa e' la prima volta per me " le confidai.
Il suo bellissimo seno raccolto nel pizzo nero mi
solleticava,i capezzoli inturgiditi che spingevano contro

il tessuto non facevano che   alimentare la mia immaginazione,mentre la pelle liscia e morbida implorava i miei baci.

"Dici davvero ? – si stupi' – Mi sembri un ragazzo cosi' zingaro eppure...ed anche piuttosto intraprendente..."

Emisi un lungo sospiro strozzato e tornai ad abbassare la testa per baciarla con maggior vigore,poi replicai :

"Credo di aver passato tutti questi sedici anni della mia vita portando sempre una maschera – ammisi – Voglio sembrare zingaro,ribelle,duro,intraprendente,ma non sono mai stato niente di tutto questo. Sto cercando di diventare piu' in gamba possibile,questo si,magari con te accanto ci riusciro' "

Quando si accascio' tra le mie braccia la trasportai sul lettino adagiandola sulle coperte. Li' cerco' di intrappolarmi con le sue gambe avvinghiandosi a me quando senti' la prova della mia eccitazione :

"Stringi " mi suggeri' per sentire il mio pene strusciarsi su di lei ancora di piu' .

Sollevo' il bacino per modellarsi contro il mio corpo,allora le sfilai i pantaloni divenuti ormai un insopportabile intralcio.

Presi a succhiarle avidamente un capezzolo e a quel punto ebbi la sensazione di non farcela piu',ma riuscii a resistere.

Mi stavo divertendo a torturarla come volevo io.

Quando con le mani le sollevai il bacino per toglierle le mutandine pero',inaspettatamente Jessica si oppose :

"No ! Aspetta ! "

"Che ti prende ? " nemmeno ricordavo piu' le ragioni per cui prima mi fossi imbestialito con lei.

"Devi prima sapere una cosa : io non sono vergine..." "Non mi importa "

Sembrava che non volesse deludermi.

Strano,credevo che farsi lasciare fosse il suo unico obiettivo,visto che mi aveva provocato a posta per tutto il pomeriggio.
Stava ancora recitando?
Poco importava,ormai avevo deciso di crederle indipendentemente dal suo passato.
Volevo viverla fino in fondo,anche a costo di sbagliare. Ne valeva la pena.
Jessica,la donna proibita. Superata la barriera della diffidenza avevo scoperto il mondo dove volevo stare,dando sfogo ai miei istinti piu' animaleschi con qualcuno che anima non ne aveva e che percio' non dovevo preoccuparmi di ferire.
"Non ti importa nemmeno sapere con quanti ragazzi sono stata fino ad oggi nonostante la mia tenera eta' ?
"Scossi il capo : "Senti,non mi importa chi fossi prima di incontrare me,mi importa quello che sei ora "
Sorrise   "Sei il ragazzo piu' straordinario che abbia mai avuto,ma dovrebbe interessarti quello che la gente dice di me…"
Un improvvisa sensazione di reverenza mi costrinse a scostarmi da lei "Che cos'e' che dovrebbero dire di te ? "
Ora lei si rattristo' "Sono molto famosa nel tuo quartiere. Al bar e non solo… Ovunque andrai ci sara' sempre qualcuno pronto a farti notare la scelta sentimentale rischiosa che hai fatto.

Qualcuno che sa per certo che sono stata una bambina cattiva che usava il sesso come forma di ribellione adolescenziale,qualcuno che non vede l'ora di sbandierarlo ai quattro venti ancora di piu'…"
La rassicurai   "Ora sei la mia ragazza e chiunque dovesse azzardarsi a parlar male di te dovra' vedersela con me "
"Tu faresti questo ? Mi difenderesti ? "

Tenendola stretta tra le mie braccia provai una

sensazione di benessere   "Io difendo sempre cio' che e' mio."
All'improvviso mi sentii lusingato. Questa volta era stata sincera.
Anziche' darmi una scopata,mi aveva dato qualcosa di piu',la sua fiducia. Cosi' mi sentii appagato e forse perfino lusingato.
Smaltita un po' di euforia iniziale,capii di non essere ancora del tutto pronto per fare quel passo,per perdere la verginita',ma quando Jessica mi guardo' con gli stessi occhi da cerbiatta che mi avevano colpito nel giorno del nostro primo appuntamento,capii che lei non vedeva l'ora che la lanciassi verso le piu' alte vette del piacere.
Nuovamente diventai piu' animale ed egoista di lei e presi la palla al balzo percio'...
Le tolsi le mutandine,con grande spasso da parte sua e cominciai a baciarla nel cuore della sua femminilita'.
Jessica   grido'   il   mio   nome   in   preda all'orgasmo,gemendo e implorandomi di farla mia.
Io non me lo feci dire due volte,allora la penetrai marchiandole quanto di piu' intimo avessi.
Con le parole eravamo sempre stati bravissimi,a mentire due veri fenomeni,pero' mi piace pensare che quel momento sia stato "vero" per entrambi.
Non so se quello sia "fare sesso " o "fare l'amore ", ricordo solo la sensazione di pace che sentii dentro dopo,quando sospesi in una splendida estasi facemmo l'amore ancora e ancora in un esplosione di stelle.
Una volta soltanto sarebbe stata decisamente troppo poco. Chissa' se ne avrei mai avuto abbastanza...

9

"La cattiveria del mondo a volte mi spaventa.

Il mio problema e' sempre lo stesso : vorrei tanto dare una svolta alla mia vita ma al tempo stesso il pensiero di farlo mi mette addosso un ansia bestiale.
Non so se sarei in grado di affrontare questo schifoso mondo.

Da dove e' saltata fuori poi questa mania di diventare un grande scrittore?
E soprattutto,lo voglio davvero o questa e' l'ennesima scorciatoia?

Del resto,e' da una vita che non faccio che inseguire obiettivi di cui nel profondo del cuore non mi importa davvero.
Come quando mi ero fissato di fare il calciatore... E' la strada giusta stavolta ?
Io non ho mai desiderato essere ricco.

Per me tra una Ferrari e una Panda non c'e' nessuna differenza,dunque non e' per i soldi che voglio fare in modo che un giorno i miei libri siano sparsi in tutte le librerie d'Italia e magari del mondo.
Gia',ma allora perche' lo voglio ?

Forse perche' tra meno di due anni saro' maggiorenne e pertanto non solo vorrei che a casa ci fossero un po' meno debiti da pagare,ma vorrei vivere per qualcosa,essere qualcosa.
Questo pero' non e' un buon motivo per avere tutti questi attacchi d'ansia che mi rovinano le giornate e mi fanno stare male proprio come quando facevo pena a tutti. Io mi sento ancora il ragazzino calciatore con le basettone e il completino   verde.

So che quando mi fisso su cose stupide che non
dovrebbero turbarmi tanto,in realta' e' il mio
subconscio che sta cercando di dirmi qualcosa.
Lo fa da molti anni ormai,ma non so dove voglia
andare a parare.

Continuo ad essere uno che non ha niente,eppure ho
sempre il solito vizio : da un lato scalpito per cambiare
le cose,mentre dall'altro vivo con ansia qualsiasi
cammino io intraprenda e questo mi fa bloccare.
Tutte le volte che succede sento che sto sprecando la mia
vita,tutti i santi giorni che sto vivendo.
A volte sono quasi contento di essere povero e
nullafacente,almeno cosi' le persone cattive non
potranno ne' farmi,ne' togliermi niente.
Quando stai in cima e' diverso : tutti vogliono toglierti
tutto.

Ma sono sicuro che diventando uno scrittore di successo
riusciro' ad essere felice ?
Chi mi dice che non mi ritrovero' punto e a capo?

Mi chiedo se per l'ennesima volta io non stia
visualizzando ancora l'obiettivo sbagliato.
E se invece volessi solo una vita normale?

Una vita tranquilla,quella che fino ad oggi mi e' sempre
mancata : uscire piu' spesso,comprarmi una
macchina,imparare a guidarla,trovarmi un lavoro
semplice e onesto ed avere una fidanzata con la quale
condividere tutto questo.
Sarebbe piu' che soddisfacente no ?
Nei momenti di rabbia penso che io debba diventare
una star per riscattarmi,perche' sono sempre stato in
preda ad una realta' vuota dove non c'e' niente e perche'
forse in cuor mio so che non vivro' mai una vita normale
come quella di tutti i miei coetanei.

Prima la scusa era la malattia.

Sapevo che sarebbe andata a finire cosi',sapevo che la malattia fosse soltanto un alibi.
Forse diventare famoso darebbe un nesso,una spiegazione,un filo logico a tutta la storia della mia vita.
Al fatto che fino ad oggi ho sofferto,a quell'amore disperato che ho provato e che forse ancora provo per quella compagna di scuola,alle incomprensioni con gli altri...
Dio vuole fare di me un divo ?
Vuole che io diventi esempio di vita per gli altri ?

O sto cercando di convincermi che sia cosi' soltanto per giustificare quanto sia schifosa la mia esistenza ?
Non trovo risposte. So solo che sto male.
La mia mente non ragiona.
Sono distratto,penso continuamente a come fare domani,a come vorrei farlo e dentro non ho pace.
Mi fa sempre male la testa,il cuore batte piu' velocemente del normale ventiquattr'ore su ventiquattro.
Mi rodo continuamente il fegato,ho perfino gli attacchi di panico. Sto diventando un fissato,mi sembra di cadere ancora.
Dio vuole dirmi che devo affrontare di petto i miei problemi ?

Che forse quegli ostacoli che ora mi sembrano cosi' duri,una volta affrontati non si riveleranno poi cosi' duri ?
Magari sono io quello troppo debole,troppo piccolo di testa ? "

Il nostro non era amore,ma solo un cullarsi sull'altro per disperazione.

Ero io il piu' egoista tra noi due.

Dopo aver fatto l'amore con Jessica non volevo piu'
perderla per nessun motivo,perche' tornare alle stalle
dopo aver visto le stelle sarebbe stato traumatico a dir
poco.
Questo mi rendeva patetico,mi mandava fuori
strada,portandomi ad ignorare la realta'.
Cominciai a chiedermi :
"E se mi fossi sbagliato sul conto della mia ragazza ? E
se lei fosse solo una bambina che aldila' dei suoi modi
di fare sopra le righe ha soltanto bisogno di essere amata
? "
Sapevo perfettamente che le cose non stavano cosi',ma
ero caduto nella sua rete e arrivato a quel punto non
volevo ritrovarmi solo dinuovo.
Ora non solo la tiravo in ballo,rendendola partecipe
di tutti i miei problemi,cosa che non era neanche nel
mio stile,ma ero diventato anche ansioso.
Quando non stavamo insieme mi chiedevo
continuamente cosa stesse facendo,dove fosse,se mi
stesse pensando e quando realizzavo che fidarsi di una
ragazza cosi' fosse un suicidio, stavo male.
Ogni tanto mi ammonivo da solo dicendomi   :

"Suvvia,non e' il momento di perdere la testa questo !
Sii com'eri all'inizio della vostra storia. Devi fare in
modo che sia lei a pendere dalle tue labbra,non
viceversa ".
Ma adesso era diventato difficile,perche' per quanto
non la amassi,cominciavo a sentirla mia in qualche
modo.
Non era piu' la ragazza con la quale volevo solo fare
esperienza,
ormai mi ero aperto ed era come se le avessi affidato
la mia anima.

A mia insaputa purtroppo,il tempo delle moine era ufficialmente finito.
Erano passate poche settimane da quel pomeriggio perfetto in cui avevamo fatto l'amore,ma sembrava che fosse trascorso un secolo.
Era destino che tutte le persone che prima stravedevano per me dovessero sempre cambiare idea in seguito ?
Prima Luana,adesso Jessica...

Quel pomeriggio di fine Aprile andai a casa sua perche' me lo aveva chiesto lei,anch'io pero' avevo bisogno di parlarle.
Oltre ai miei tormenti,dovevo confidarle che la mia famiglia voleva trasferirsi a Roma per motivi di lavoro,ma io non volevo adesso che avevo lei...
Sin da quando ci eravamo salutati Jessica mi era sembrata fredda,ma io ingenuamente avevo sorvolato.
Avevo cambiato del tutto il mio modo di comportarmi ; non ero piu' il macho della situazione,ora le sorridevo come un ebete,cercavo rassicurazioni,il suo affetto.
Scoprire l'altro sesso in quel senso mi aveva fatto male al cervello,mi ero quasi convinto che Jessica fosse proprieta' privata del sottoscritto.
Avevo passato una mattinata di merda,l'avevo trascorsa facendo una cosa che solitamente non era da me : piangere.
Una brutta lite a casa. Avevo detto cose terribili a mio fratello dopo che lui aveva dato vita ai soliti bordelli,coi suoi soliti capricci e sbalzi di umore.
Avevo pianto e tanto quando deluso da me stesso avevo perso il controllo,bestemmiando, offendendo anche il padreterno.
Non volevo essere cosi', ma a quel punto divenne chiaro che fossi stanco di vivere. Mi ero proprio rotto il cazzo.
Cosi' non aveva senso.

Avevo la faccia di uno che stava letteralmente per

crollare mentre parlavo con Jessica, ma ricordo che dopo essermi calmato pensai che fosse stata proprio una gran fortuna incontrarla.
Era un diversivo,una distrazione.

Tra poco pero', per completare "l'opera " ci sarebbero stati interminabili litigi,seguiti da dispetti e minacce anche con lei.
E da li' sarebbe ricominciato il vero calvario.
Ci sono sconfitte dalle quali puoi e devi rialzarti se sei un uomo ed altre che invece hanno un esito definitivo che puoi solo accettare con rassegnazione ma con quanta piu' dignita' possibile.
Come quella che stavo per subire io da parte di quella strega.
Come George Foreman il giorno in cui venne steso da Muhammad Ali. Una volta finito giu' capi' di non essere piu' lo stesso.
Come lo stesso Ali,quando venne umiliato da Larry Holmes.

Il mio match da suicidio stava per concludersi,con me letteralmente sconfitto.
30 Aprile 2004.
L'inizio della fine ? Oppure il giorno della mia vera rinascita ?
Non ho ancora vissuto abbastanza per saperlo,ma quel giorno io mi sentii morire dentro.
Quando una storia finisce,non sono necessari i litigi premeditati,non si cercano meschini pretesti per farsi mollare di proposito.
Si e' onesti,nel bene e nel male.

Se serve si chiude la storia dicendo "Non ti ho mai amato " o ancora si cerca un antidoto per capire cosa c'e' davvero che non va.
Non Jessica...

Non il diavolo in persona.

Seduto nel suo lettino,lo stesso lettino dove l'avevo fatta mia,mi accorsi anche stavolta che era come se stessi parlando da solo.
Jessica indossava la stessa camicia del nostro primo appuntamento,non portava piu' la collanina con il nostro pegno e soprattutto non mi stava ascoltando.
Era nel suo mondo e stava macchinando un modo piu' doloroso possibile per me, per farmi fuori dalla sua vita.
Voleva che ci lasciassimo male,concludere i due mesi di unione annientandomi.
Il giorno che temevo era arrivato.

"Non mi chiedi come mai non ho piu' la collana ? "
Il   tono   della   sua   voce   era   intenzionalmente provocatorio. La stavo perdendo,lo sentivo.
Fui sarcastico nella risposta   "Non vedi l'ora che io te lo chieda vero ? Quasi quasi preferisco non saperlo..."
Voleva che soffrissi.

Era questa la ragazza con la quale speravo di raggiungere una serenita' interiore ?
"Dobbiamo parlare Davide – annuncio- non ti fara' piacere. Scusa." I suoi occhi stavolta erano inequivocabili : gli occhi del diavolo.
Non voleva piu' nasconderli,ora voleva che li vedessi.
Che razza di persona !
Continuava a tramare come se da un momento all'altro volesse iniettarmi il suo veleno :
"Tesoro,ho avuto una giornata tremenda e non sono in vena di dispetti – le dissi – qualunque sia la ragione per cui non porti piu' il nostro pegno,spero che sia una ragione risolvibile.
Credimi,non ho la forza per mettermi a bisticciare

anche con te. Non oggi."
Peccato che a lei bastasse portarsi a letto uno nuovo per rinnegare del tutto il proprio ragazzo e che non vedesse l'ora che togliessi il   disturbo.
C'era bisogno di comportarsi cosi' ? Di trattarmi senza alcun rispetto? Come diavolo poteva trattarmi con quell'indifferenza ?
Faccia da ninfomane.
Sporca,squallida,ma come potevo criticarla se proprio per questo volevo stare con lei ?
Dannazione,aveva detto di amarmi l'ultima volta !

Non la odiavo perche' mi stesse lasciando ma per il modo in cui mi stesse lasciando. Da voltastomaco.
Era solo colpa mia se mi trovavo in quella situazione comunque... Avevo scelto l'appiglio sbagliato,non dovevo fidarmi di lei.
Lo avevo fatto pur   sapendo che fosse sbagliato farlo,perche' dato il
mio vissuto io non mi sentivo superiore a lei ma addirittura di un gradino sotto,quindi ero convinto di aver bisogno di Jessica.
Poi lei disse la frase piu' superata,piu' ipocrita del mondo,una frase che non si usava piu' nemmeno nelle soap opera :
"Ho bisogno di una pausa di riflessione..." "Prego ?"
"Senti,i miei sentimenti per te non sono piu' gli stessi. Ho provato a fartelo capire ma tu niente ! "
Che schifo !
Ed io ero piu' schifoso di lei. Con certa gente non dovevo immischiarmi.
Come avevo potuto ? Era questo il rispetto che avevo di me stesso? Che nervi ! Le avrei dato un   ceffone.
A quel punto mi spazientii e mi alzai dal letto cominciando a passeggiare nervosamente per la stanza :
"E va bene – dissi risoluto riacquistando un po' di

baldanza – Speravo di fare due chiacchiere con la mia
ragazza in modo piacevole ma a quanto pare,lei sta
morendo dalla voglia di farmi incazzare. Vuoi litigare?
Se proprio ci tieni ti accontento subito – e con tono
deciso le feci una serie di domande di cui conoscevo gia'
le risposte – Va bene che sei volubile,ma l'amore che hai
detto di provare per me ti e' gia' passato senza una ragione
? Quello che abbiamo fatto l'ultima volta dentro questa
stanza non ha avuto nessun significato per te   ?
Per quale ragione sembra che tu voglia liberarti di me?
"

Non mi voleva piu'. Dovevo accettarlo,non potevo
tenerla legata a me a controvoglia,ma lei continuo' a
confondermi fino all'ultimo.
Volle tenermi sulla corda un altro po',prima di darmi il
benservito : "Certo che ha avuto significato..."
Dicendomi questo mi illuse. Tirai un sospiro di sollievo
credendo che ci fosse ancora una possibilita' per
rimanere insieme.
Dimenticandomi le mille ragioni che avevo per
disprezzarla le diedi un bacio sulla guancia e come uno
zerbino feci per abbracciarla   ;
"Non oso immaginare come starei se tu non ci fossi. Non
voglio che ci lasciamo adesso. Fino ad oggi non sono
stato leale,ti ho sempre considerata piu' una distrazione
che una fidanzata,solo ora mi rendo conto di quanto tu
sia   importante   per   me.   Permettimi   di
aiutarti,supereremo insieme questo momento di
confusione,forse piu' avanti capirai di amarmi ancora di
piu'..."
Mi stavo umiliando. Altro che duro !
Me la facevo sotto di fronte al pensiero di tornare
solo,riuscivo ad immaginarmi soltanto con lei domani.
Peccato che io non fossi piu' il genere di ragazzo con cui
lei si immaginava domani. Anzi,probabilmente non lo
ero mai stato.

Le avevo appena detto una cosa bellissima ma lei continuava a   pensare ai cazzi suoi. Non ebbe reazioni,in quella mente piena di merda sicuramente stava pensando : "Ma quando se ne va questo ?"
Era gia' finita.

Doveva per forza esserci un altro.

Ancora un altro colpo di teatro : "Non so se ce la faremo.
Io sono uno spirito libero,non so se voglio un ragazzo o un fidanzato,so solo che sento qualcosa per te,pero' mi sembra cosi' strano tornare a giocare,tornare al punto di partenza dopo tutto quello che c'e' stato.
Se vorrai cancellare il mio numero capiro'..."

Continuava   a   seguire   il   suo   copione   gia' scritto,sembrava che parlasse a   memoria,ignorando ogni mia parola.
La gran puttana mi fece sentire stupido e impotente.
Ero incazzato,incazzato nero.
"Ma che razza di persona sei ? – la stessa voce che fino a poco tempo prima le aveva sussurrato parole dolci divento' adesso dura e spietata
–Sono cosi' stravolto dai miei problemi oggi che non riesco nemmeno a dirti quello che penso veramente di te. Forse sono stato poco astuto a non capire che tutta questa sceneggiata tu l'avessi programmata chissa' da quanto tempo ma in compenso ho sempre saputo chi fossi...Avevi ragione : sei molto famosa nel mio quartiere e in quel bar la sera in cui ci siamo conosciuti.
Il barista mi ha detto che eri una gran puttana,una facile,una che si era fatta mezza Catania.
Io sono stato al gioco,ti ho corteggiata soltanto per togliermi lo sfizio di scoparti ! Sei stata un capriccio e adesso voglio che tu lo sappia.

Tutto e' iniziato da una semplice scommessa col

barista,gli ho promesso che ti avrei scopata come nessuno avesse mai fatto prima !"
Non era vero niente. Non c'era stata nessuna scommessa e non ero cosi' meschino da usare cosi' una ragazza,neppure una come   lei.
Si,in un certo senso l'avevo usata.

L'avevo usata per scacciare i miei problemi,ma in alcuni momenti mi ero sentito veramente "quasi felice ".
Non era nella mia natura dire quelle cose ma adesso lei meritava una bella lezione.
Aveva appena fatto a pezzi il mio ego,se non potevo salvare il nostro rapporto volevo almeno salvare la mia dignita'.
Dovevo   pur   reagire,ma   era   difficile   punire Jessica,fredda e dura com'era. Se l'accusavi di essere una puttana,lei si sentiva   lusingata.
Se l'avessi mandata a fanculo avrebbe tirato un sospiro di sollievo visto che tutta quella pantomima era stata architettata solo per far si che io mi togliessi dai coglioni da solo.
Preferivo essere carnefice piuttosto che vittima,dunque cominciai a giocare sporco : "Ma davvero pensavi che mi potessi innamorare di una che a quattordici anni e' gia' stata con cani e porci ? − la sbeffeggiai con una risata malefica ma mi sentii triste mentre lo facevo, perche' cosi' stavo distruggendo anche la piu' lontana possibilita' che prima o poi potessimo tornare insieme − Se e' cosi' ,non sei cosi' furba come pensi di essere ! Mi e' perfino venuta un infezione alle gengive dopo averti baciata per la prima volta..."
Finalmente la punsi sul vivo. A Jessica non importava niente di nessuno,ma di se stessa si.
Ora sarebbe stata lei a perdere le   staffe.

Mi guardo' malissimo e io mi feci schifo da solo per l'ennesima volta,per aver sputato nel piatto dove avevo mangiato.

"Io pensavo di essere cambiata,invece adesso so di essere peggio di prima. E vuoi sapere una cosa ? Non mi dispiace ! Tu pero' hai dimostrato di essere il coglione che sei. Non sei l'uomo che dici di essere,altrimenti non mi avresti riempito la testa con quattro cazzate. E se credi di avermi offesa mi fai solo ridere,non sei alla mia altezza e piu' fai cosi',piu' si vede che sei arrabbiato. Ahahahhha !"

Era ancora seduta sul letto e mi stava irridendo. Io mi avvicinai minaccioso verso di lei ed alzai l'indice della mia mano destra per ammonirla

"Ti consiglio di badare bene a come parli troia ! - lei smise di ridere e temendo che la schiaffeggiassi,istintivamente si copri' la faccia con una mano. Mi fece pena,in tutti i sensi – Sta tranquilla. Sei davvero uno schifo e per questo non ho intenzione di toccarti. Non ho intenzione di sporcarmi le mani,ma vedi di moderarti ! "

Scostandosi da me per non prenderle,fece un movimento brusco e una tetta per poco non le usci' dalla camicia. L'occhio mi cadde li' e lei trovo' un modo meno sfrontato di offendermi,chiudendo i bottoni della camicia per non farmi vedere le sue forme che non mi stancavo mai di guardare. Un modo per dire : "Questa qui non e' piu' roba tua !"

Quel gesto mi feri'. Solo ultimamente lei stava cominciando davvero a piacermi tanto e gia' l'avevo persa.

Ora l'oggetto del contendere era cambiato. Non stavamo piu' litigando per stabilire se fosse il caso o meno di rimanere insieme,ma per stabilire chi dovesse avere l'ultima parola.

Quanto eravamo infantili...

Lei era uno spirito libero ? Lei non voleva un fidanzato ? Eppure c'era gia' un altro,lo venni a sapere qualche tempo dopo.

Mentre io avevo cercato ingenuamente di tenermi

stretta Jessica,lei,la gran puttana aveva gia' un altro
sottomano.
Il 30 d'Aprile lascio' me e appena un giorno dopo,il
primo di Maggiosi mise con un altro che la tampinava
chissa' da quanto   tempo.

Un certo ragazzo di nome   Angelo.

In due eravamo in troppi,dunque si libero' del ragazzo
che riteneva il piu'inutile tra i due : me.
Stavo per insultarla ancora, quando vidi la porta della
sua camera schiudersi. Si affaccio' un bambino di circa
sei-sette anni.
"Jessica,mi aiuti a fare i compiti ? "
Era il suo fratellino e mi stava guardando con un
espressione terrorizzata. Aveva sentito tutte quelle
parolacce una per una.
"Arrivo subito tesoro" rispose la baldracca.

Nel mondo immaginario dei bimbi io ero un po' come il
lupo cattivo con i miei modi da villano.
Il bambino usci' dalla stanza,nel frattempo io presi il
giubbotto e mi congedai : "Potevi dirmelo che non
eravamo soli,mi sarei limitato un po'. Comunque,ci
siamo detti cio' che dovevamo dirci "
Mi diressi verso il salotto e quando feci per aprire la
porta d'ingresso vidi Jessica fissarmi con una strana
espressione mentre mi "accompagnava". Sara' stata la
mia troppa voglia di rimanerle legato ma intravidi come
un lampo di tenerezza nei suoi   occhi.
No,non poteva essere vero. Non poteva dispiacerle che
me ne stessi andando visto che era stata lei stessa a
indurmi a farlo.
"Di' a quell'altro,perche' so che c'e' un altro – conclusi –
che e' solo un povero fesso e che fara' soltanto numero !
Addio baldracca ! "
Ancora una volta mi erano uscite di bocca delle

parolacce col suo fratellino li' presente. Era seduto per terra in salotto,sopra un grosso tappeto e stava giocando con dei giocattoli. C'erano dei libri sopra al tavolo che avrebbe aperto solo quando la sua cara sorella sarebbe stata disponibile per dargli una mano. Mi chinai verso di lui e decisi   di guadagnarmi la sua simpatia : "Come ti chiami piccolino "
L'orco cattivo divenne improvvisamente un buono.

"A..Alessandro " rispose balbettando imbarazzato.

Gli feci una carezzina sulla fronte "Io Davide. Scusami per prima,io e la tua cara sorella eravamo un po' animati – gli strizzai l'occhio e gli   dissi – E' stato un piacere conoscerti e scusa ancora se ti ho spaventato."
Jessica osservo' tutta la scena in   silenzio.
Non mi apri' neppure la porta,me la aprii da solo.
Ero riuscito a conquistare il suo fratellino ma non ero riuscito a conquistare lei.
Uscii da quella casa senza voltarmi indietro. Avevo un nodo in gola.
Ripensai a quando ci eravamo conosciuti : al ballo,al modo in cui mi guardava mentre le facevo la corte e mi domandai come avesse potuto cambiare idea su di me da un giorno all'altro,come fosse possibile.
Mentre scendevo le scale convinto che non ci saremmo mai piu' rivisti,incrociai una signora che si stava dirigendo proprio verso lo stesso appartamento dal quale ero uscito io.
Era la mamma di Jessica e del piccolo Alessandro.
Non l'avevo mai vista prima,ma lei sapeva bene chi fossi : "Salve..." mi riconobbe e mi saluto'.
Io non risposi e mi allontanai di   fretta.

Provai un incomprensibile sensazione di disagio,non serviva conoscerci meglio visto che ormai sua figlia non era piu' affar mio.

Purtroppo...
Era la fine di un bel sogno.

La sensazione piu' brutta la provai la sera quando andai
a   dormire.

Dinuovo quel senso di vuoto dentro,come se quei due
mesi in cui lei mi aveva fatto sentire invincibile,un
ragazzo   con   le   palle,attraente,sicuro   di   se',
forte...fossero stati frutto della mia fantasia.
Mi sentivo dinuovo una merda.

Ero ritornato alla base : in preda a una realta' che mi
buttava giu' e rinchiuso in una maschera che odiavo,
che forse tanto maschera non era. Quella di un
ragazzo che non aveva successo in nessun   campo.
Ne' scopi,ne' ragazze. Solo,semplicemente solo.

Mi hanno rubato i sogni,le speranze. Quel bambino pieno di gioia non c'e' piu'.
Lentamente tutti i colori che avevo dentro sono spariti anche fuori.

Vedo l'universo in base a come sono io,fosche nubi,le stesse che mi porto io nel cuore,quelle che intimoriscono chiunque mi si avvicini.
Odio la mia vita e odio me,la logica conseguenza umana di questa vita.
Ho scelto il karate per ricominciare da capo. Un altro sport,un'altra filosofia.
Combatto perche' voglio trovare la mia pace interiore contando soltanto su me stesso.
Non permettero' mai piu' a nessuno di condizionarmi e combatto per esorcizzare il dolore che la vita mi ha costretto a subire,per prendere quello stronzo del destino a calci nel culo.
Quante cose avevo dovuto affrontare...ed ero soltanto un ragazzo.

Erano trascorsi poco piu' di due anni da quel giorno in cui Jessica mi aveva lasciato e di acqua sotto i ponti ne era passata.
Non valeva la pena di soffrire per lei,eppure ci avevo sofferto e in quei due anni avevo passato altri momenti d'inferno,in cui proprio non riuscivo a sentirmi normale. Proprio non riuscivo a ricominciare.
Poi un giorno avevo deciso di indossare il kimono e i guantini da karate e prendendo a pugni la mia angoscia mi ero sentito meglio almeno per un po'...

Mi ero costruito un'altra corazza,un personaggio. Per nonsoffrirepiu'...
Eccomi li' con i miei vent'anni portati piuttosto male :

con la mia aria infelice,feroce e trasandata. I capelli lunghissimi sciolti che mi arrivavano fino alla schiena,un vistoso pizzetto e uno sguardo talmente incazzato col mondo che secondo il mio maestro Giulio avrebbe terrorizzato anche una tigre.
Ma dietro a quell'aspetto da duro,nonostante non fossi piu' sotto peso e fossi forte fisicamente,c'era ancora il calciatore triste con quella sensazione di incompiuto addosso.
La stessa insopportabile sensazione di incompiuto.

Sono un ventenne brutto e malandato che per sentirsi uomo ogni tanto attacca briga.
Prima o poi mi finira' male,ma e' l'unico modo che conosco per non far vedere che non valgo niente.
Sono peggiorato in realta' e il mondo intorno a me sembra peggiorato a sua volta. Perfino il vento sembra lamentarsi e nel profondo silenzio di questa valle,niente piu' mi soddisfa.
Nel paesaggio incantato che avevo costruito nella mia mente da bambino non ci sono piu' fiori,ne' farfalle.
La pioggia e' piangente,non vedo luce,non vedo sbocchi,ne' qualcuno qui per me disposto ad aiutarmi.
Devo aiutarmi da solo come sempre.
Odio tutto,odio me stesso e odio la gente.

Le luci sono tutte accese,le porte spalancate.
Come un gabbiano in volo mi sono cimentato nel ruolo di componente del mondo reale,finche' sbadato non ho smarrito le ali,cominciando a vivere di illusioni soltanto.
E adesso sono qui,in questo merdoso palazzetto per cercare di vincere
uno squallido torneo di karate che di sicuro non mi cambiera' la vita. Rivivo ogni fase triste della mia vita,ogni disdetta,ogni attimo...
Ho vent'anni e non ho una vita mia. Non avrei mai

creduto che sarebbe andata a finire cosi'...
Sul tatami cerco di salvare non gli altri per una volta,ma me stesso. Cerco me stesso.
Vivo negli inferi abitati dai demoni,sono un anima che vuol perdersi nell'infinito.
Ogni tanto sono affascinato dalla morte,ogni tanto mi sento morto. Morto prima ancora di morire.
C'e' un solo match che per quanto io possa allenarmi duramente,non potro' mai vincere. Posso anche vincere questo fottuto trofeo,la mia vita non cambiera'.
Vincere un trofeo ti fa sentire onnipotente per un po',rimani contento per qualche ora,poi la vita ricomincia.
La vittoria e' una piccola illusione.
L'ho capito quest'estate,quando Venerdi' 20 Luglio 2007 ho superato l'esame che mi ha fatto avanzare di grado,diventando cintura gialla.
Non ero felice,perche' non sapevo chi avessi cercato di sconfiggere in realta' su quel tatami,se l'avversario del giorno o i demoni che qualcuno mi aveva messo in testa sin da piccolo.
Adesso a Dicembre dello stesso anno ho la possibilita' di esibirmi davanti a una platea.
Forse ho un po' meno paura rispetto a quando cinque anni fa mi cimentavo nei panni del calciatore ma ho lo stesso peso sullo stomaco di allora. Non riesco a scrollarmi quest'esistenza di dosso.
Forse non importa quali complicazioni tu possa incontrare nella vita,

cio' di cui devi essere grato e' il fatto stesso che sei su questa terra.

Una volta ho tentato di attraversare un torrente incrostato di ghiaccio,ma non potevo pretendere di scorgere da lassu' il mio domani,poiche' non c'erano le basi per poterlo costruire.

Poi avevo tentato di raggiungere una vasta pineta attraversando una vasta radura ma ero stato troppo lento.
Infine avevo fatto un sogno : io e la mia famiglia felici in una casa rossa con le finestre bianche,con un grande prato...
Ho bisogno di Villain,del personaggio nel quale mi sono calato per non far vedere la mia sofferenza. Magari un giorno mi tagliero' i capelli e la barba e riaccogliero' il ragazzo con la faccia pulita di un tempo,ma non adesso.
Ora come ora,nei miei sogni vedo qualcuno che ha abbattuto quella reggia costruita nei miei sogni e al suo posto sono rimaste macerie nelle quali sto affogando dal dispiacere.
Nessuno puo' capire come io mi senta.

Anche in quel palazzetto,nonostante io non sia piu' un malato,non mancano quelli che mi guardano dall'alto verso il basso. Quelli che mi credono cattivo o che per qualche ragione ridono mentre mi   guardano.
Non capiranno mai...
Non capiscono che al mondo non esistono buoni dal cuore nobile o cattivi dal cuore di pietra. Siamo uomini,punto e basta,con i nostri atti di generosita' ed altrettanti di ipocrisia,con vite piu' o meno complicate.
Lascero' tutto di me su quel tatami : la mia forza,il mio sudore,la mia anima. Il limite estremo del mio io mi aiutera'.
Non voglio piu'   dipendere   affettivamente   da nessuno,saremo solo io ed il mio avversario stavolta...
E questa volta,per quanto lui potra' colpirmi duro,vincero' io.

Quando sei sul tatami ti rendi conto di essere solo.
Non puoi scappare,devi guardare la paura in faccia ed affrontarla.

Non importa quanto bravo tu possa essere,in quel momento sei solo.

Puoi allenarti duramente ma sai che da qualche parte c'e' sempre qualcuno piu' forte di te. Non importa,devi affrontarlo lo stesso.
Non sempre vincono i piu' forti,a volte vincono i piu' volenterosi.

Indipendentemente dal risultato,prenderai tante botte,perche' se non sei disposto a farti male non puoi vincere.

"Esiste sempre una via d'uscita. Non dobbiamo per forza diventare come qualcuno ci impone di essere. La strada non ti obbliga a rubare il pane agli altri,ne' tantomeno ad uccidere. Al contrario,dopo aver visto il male e' bellofare del bene. "

"Da un momento all'altro potrei perdere le forze,potrei non avere piu' la forza e l'energia per andare a cento allora. Ecco perche' adesso sento che sto perdendo. Ecco perche' non merito determinate gioie..."
Davide Cifala'

Titolo | Libero da ogni limite
Autore | Davide Cifalà
ISBN | 978-88-93322-49-2

© Tutti I diritti riservati all'Autore
Nessuna parte di questo libro può essere riprodotta senza il
Preventive assenso dell'Autore.

Youcanprint Self-Publishing
Via Roma, 73 – 73039 Tricase (LE) – Italy
www.youcanprint.it
info@youcanprint.it
Facebook: facebook.com/youcanprint.it
Twitter: twitter.com/youcanprintit

Finito di stampare nel mese di Gennaio 2016
per conto di Youcanprint *Self - Publishing*

www.ingramcontent.com/pod-product-compliance
Lightning Source LLC
LaVergne TN
LVHW020343200726

843507LV00012B/2474